FICCIONES, RELATOS Y RETAZOS

Humberto Peralta

De escritura, pulsiones y realidad

Escribir se ha vuelto una actividad reprensible. Es como los vicios. Entonces, ustedes sabrán dispensarme el exabrupto. Cada libro es una visión de la vida particular de cada persona. Como tal, representa un mundo propio, con sus ídolos, ideas y creencias, que a veces no coinciden con las del mundo real. Al leer conocemos los mundos interiores de quienes nos han precedido, desde el inicio del tiempo, y de quienes todavía se encuentran aquí. ¿Será posible que todos necesiten escribir su biografía? ¿Hay lectores para ese cúmulo de información e ilusiones? ¿Acaso eso no sería pesadillesco? Pero como dicen, hay gente para todo.

Se necesita de los artistas, los pintores, los albañiles, los doctores (políticos no, nadie los necesita), pero no de los escritores. Son gente extraña que escribe porque les gusta, no porque sea necesario. Es más, a veces sus obras ni siquiera se pueden vender, no se leen y cuando se leen a veces no se entienden. Ni modo. Por eso el escritor genérico bien podría no tener nombre, ser el anónimo con el que cruzamos en la mañana por la calle. ¿Qué más queremos de un libro? El libro es un objeto inanimado que al descifrarlo puede gustar o no. Este resultado será muy personal.

Que el escritor nos hable y nos diga qué le interesa está bien, es aceptable. Una pulsión posiblemente respetable, pero ¿puede equipararse a la del ladrón que se le antoja llevarse algo sin permiso, a la del político que se le antoja desviar dinero público para sus fines, a la del doctor que ve a su paciente en la consulta con malos ojos cuando le expone su cuerpo desnudo?

En el caso del escritor son pulsiones irrefrenables que se satisfacen con la escritura, la publicación y al ver el efecto que causa ese orden preciso de palabras en los lectores. Así, cada orden de palabras es un mundo.

En realidad, no nos interesa la vida del escritor, sino la digestión de su vida. El lector, entonces, se convierte en devorador de experiencias vitales, exprime los intelectos a cambio de un libro de cien o doscientos pesos (o menos en el remate o en el tianguis). Un libro a veces es tan valioso que en subastas vale millones o vale tanto para alguien que te lo regala y te sale gratis. Pero, ¿qué se está pagando cuando se compra un libro? ¿El papel en que está impreso? ¿O las ideas más personales, el esfuerzo de la escritura, que puede ser titánico, o el acomodo afortunado de las palabras? Los escritores necesitan escribir y los lectores leer, a cambio del menor precio posible. Puede decirse que la palabra está devaluada. Mientras esta relación desigual exista, el mundo seguirá exigiendo nuevas obras para deglutir, digerir y defecar. Démosle gusto.

En las Ficciones la imaginación puede volar con libertad, los animales pueden hablar, pueden aparecer vírgenes, ángeles o diablos. En los Relatos la realidad se asoma con dureza y el lenguaje, entonces se descarna y se degrada, como lo hacen los seres vivos. En los Retazos encontramos los restos y la esencia.

Ficciones

Tarde de luces

La plaza más grande del mundo estaba a reventar. Parecía un moderno circo romano donde no se sacrificarían cristianos sino seis hermosos toros, el cartel de esa tarde de luces. Eran casi las cuatro. El sol, bola ígnea, resplandecía a más no poder, pero poco preocupaba a los dueños de los palcos de sombra, gordas humanidades a quienes la boca se les hacía agua por ver la sangre tiñendo la arena. La fiesta brava.

Manolo en el camerino se ciñó sobre las medias blancas el pantaloncillo verde de preciosas aplicaciones doradas. Su ayudante le ajustaba la chaquetilla brillante, como oro enjaspado. Las banderillas, las espadas, el capote, el sombrerillo, el valor, las ansias de salir a destrozar toritos, nada faltaba. Estaba listo.

En el encierro se respiraba el miedo. Los bovinos de cuernos afeitados boqueaban en un intento por sorber aire limpio mientras la baba les recorría por el hocico. Temblaban. Tigrillo, negro carbón, se agitaba nervioso. Pronto abrirían el corral.

Era la hora. Los banderilleros, comparsas y toreros daban el paseo por el ruedo, exponían su majestuosidad. Todos se retiraron después a los burladeros. Manolo con gallardía y entereza esperaba a media arena con el capote sangría en la mano derecha. Tigrillo sintió cómo le picaban las ancas para hacerlo salir. El ruido seco de la puerta lo obligó a saltar. La puerta del corral se abrió.

Desesperado brincó, voló, resbaló entre la nube de polvo, la gente silbaba, gritaba, sudaba placer. Tigrillo vio el floreciente capote en la mano del hombre y arremetió con furia, ¡olé! ¡Olé! Uno, dos, tres pases correctos en los que el toro corneaba la tela flameante. La faena continuó. Manolo lucía su esplendor y sonrisa, aunque las mariposas del estómago revoloteaban y lo hacían sentirse vacío hasta la garganta. ¡Qué tarde!

Tigrillo oyó cuando la gente gritaba ya con menor intensidad. Chorros de sudor le surcaban la cabeza, pecho, hasta las patas. Bufaba. El hombre de jade y oro tomaba el filoso estilete de empuñadura plateada. Manolo a gritos llamó al toro para que embistiera pronto. Ya era tiempo de despacharlo con la espada y continuar con el segundo de la tarde.

Tigrillo por fin se decidió a atacar, pateando el suelo y tomando impulso se lanzó sobre el torero. Manolo que apuntaba a la cruz del lomo del animal, listo a clavar la espada, vio en el penúltimo instante que Tigrillo cambió de rumbo a la izquierda derrapando a pocos centímetros de él. En el último instante, Manolo sintió el grueso pitón que empujaba en su búsqueda. Le rasgaba la tela adornada, luego la camisa, la carne, los huesos, el aire.

La sangre brotaba sin fin inundando la arena. Tigrillo aspiraba el olor dulzón que lo bañaba. Manolo minotauro, atravesado de pico a punta, era un muñeco de tamaño natural que ondeaba y salpicaba tinta. El respetable público que antes gritaba ahora aullaba: ¡Maldito toro!

Los burladores no tardaron en saltar al ruedo, pero poco podían hacer. Tigrillo entonces se deshizo de su carga al sacudir la testa con violencia. Casi cegado, embistió hombres y caballos sin cesar. No sintió las espadas que se le clavaban. Vio que la puerta rica, sobrepujada de herrerías, se abría poco a poco .

Tigrillo hubiera querido enfilar a la salida, cruzar raudo el umbral, llegar a la tarde de la ciudad sin mirar; saltar al pavimento y correr junto a los miles de autos embotellados en la avenida que pitaban. Correr, correr, hasta que la noche apagara todos los colores y su negro pelaje se confundiera con las sombras. Comer pasto de los camellones y ramas de los árboles y beber agua de las fuentes. Descansar de día tumbado sobre el pasto de algún jardín y en la noche vagar por la monstruosa ciudad hasta llegar a los suburbios. Entonces, guiado por el murmullo de las hojas, por la voz del agua que corre, cruzar campos, valles y colinas y soñar con la libertad.

Alter ego

Se llamaba Aurelio, o ya no me acuerdo bien, esa es la verdad. Lo que pasa es que a veces, cuando duele el recuerdo, pues procura una irlo tapando poquito a poco, y luego ya no se sabe ni dónde quedó enterrado.

Eso ha de haber sido lo que pasó, porque yo lo quería, y mucho. Era un hombre como se sueña a veces, en las noches solas. Cariñoso, querendón y muy guapo. Ya ve, como dicen, una ve las cosas con ojos de amor.

Nos conocimos... ya no me acuerdo de la fecha, pero éramos dos chamacos todavía. Creo que íbamos a la escuela, sí, porque a la salida de las clases me acompañaba, caminábamos por esas callecitas estrechas y empedradas.

Las cosas entre los dos nunca se empañaron, ¡era tan bonito! Cuando estábamos juntos, entre besos, las manecillas de los relojes se detenían, el cielo entonces no era azul, sino brillante como un cristal y el aire, el aire olía a rosas y nardos. Ahorita todavía percibo el olor de esas flores, aunque no me quiera usted creer.

¡Me escribía tantas cosas! Con lo que me escribía podría haber llenado un libro de poesía, a veces eran fábulas, a veces cuentos, ora poemas y otras veces las formas más sencillas de decir amor. Esa es la verdad. Llegamos a sentir que no podríamos separarnos, que éramos ya dos siameses pegados por el corazón. Éramos, como dicen los domingos en la misa, una sola carne. ¿Por qué será que siempre piensa uno que inventa el amor?

¿Qué fue lo que terminó con ese amor? Pues lo mismo, aunque no sea fácil de entender. Porque Aurelio, sí, Aurelio Sánchez de la Cruz, así se llamaba o se ha de llamar todavía, quería casorio y yo como que sentía que estábamos muy jóvenes para eso. Una cree que el amor es algo que tenemos en un puño y no, es aire que se escapa por cualquier rendija.

Pero eso no lo sabía yo entonces. Yo le decía que podíamos esperar, que ora que tuviéramos los dos un estudio, que ora que él fuera doctor como quería. Pero no sé, su urgencia era mucha. O era nada. Sí, me rogó. Y me decía que el tiempo no volvía. Y era cierto.

Eso mismo, ese gran amor fue lo que nos destruyó. Y él agarró su olor, sus besos, sus poemas y sus canciones y se fue. ¿A dónde? Un tiempo no lo supe y pienso que hubiera sido mejor no saberlo. Pero pasó el tiempo y cuando ya el alma no me dolía tanto, me enteré que se había casado, aquí cerca, unos pueblos más allá.

Y la verdad no quería verlo, pero no lo pude evitar y una vez que fui allá en donde vive, tomé mi valor y me animé a buscarlo. Sí, así, sin avisarle ni nada. ¡Ya a lo mejor hasta tendrá chamacos!, pensé.

Pregunté por él y di con su casa. Toqué. No me lo va a creer, lo sé. Pero cuando su esposa me abrió la puerta vi a la persona que más se me ha de parecer en el mundo, la forma de mi cara, mis labios, sus ojos como los míos, el mismo cuerpo.

La verdad es que yo salí corriendo de allí. Sí, sé que hice mal, pero no me pude contener, como tampoco pude parar las lágrimas. Me dijeron que se llamaba Ángela. Como yo.

Azul eterno

Al cangrejito moro le encantaba el sabor del agua de mar, tan salado y tan lleno de olores. Se dejaba acariciar por las olas, sentado sobre su piedra de siempre. Sin moverse mucho, el mar lo alimentaba de coruquitos y plantitas a cada golpe. La brisa, el sol, la arena, el agua azul, las gaviotas, los peces, las yerbas y su piedra eran todo el mundo que conocía.

Un día, no sé si bueno o malo, el cangrejito moro sintió un ansia irresistible de conocer lo que había más allá de su piedra y de sus olas de siempre. Y se quiso contestar: ¿a dónde va el mar? Se dejó llevar por la espuma y las olas, tocó tierra y vio maravillado la gran extensión de playa, arena blanca de conchas molidas. El cangrejito moro brincó de alegría y corrió por la playa, haciendo hoyitos aquí y allá.

Después se preguntó ¿qué hay más allá de la arena? Y caminando para atrás, como dicen que caminan los cangrejos y con una sonrisa pintada en su boquita, buscó y buscó el fin de la playa. Vagó un buen rato y luego encontró cemento, paredes y cristales.

El cangrejito moro vio emocionado, con sus ojos saltones muy abiertos todo lo que tenía frente a él. Subió por una pared, topó con un cristal y contempló su imagen reflejada. No sé si el cangrejito moro supo que era él mismo.

Entonces se dio cuenta que el sol quemaba demasiado, que el calor bajo su coraza se hacía insoportable, que había olvidado la sed de su garganta, que el cansancio lo inmovilizaba.

Hoy que vi al cangrejito moro supe que en el último momento extrañó el olor salado del mar y quedaron sus ojos puestos en el azul eternamente.

Pellico

Siempre quiso mirar el mundo que tenía frente a sus ojos sin esas barras metálicas de su casajaulacárcel. A Pellico que nació por allá por la costa, a quien su mamá lo empolló cerca del olor salino del mar, quien al nacer lo primero que sintió fue la frescura del viento en su nido en el mangal, lo atraparon un día cuando todavía no sabía volar.

Al otro día Pellico estrenó cárcelmazmorraencierroataúd para siempre. Pasó de dueño en dueño y nunca nadie le enseñó a hablar. Y fue lo mejor, porque si no Pellico hubiera dicho lo mal que se sentía encarcelado. Creo que alguna vez aprendió a reír una risa dolorosa.

Es más, ni nombre tenía. Si yo le digo Pellico es porque pienso que así le decían en su mangal, entre los zapotes, las papayas y los guanábanos. Pellico se hizo viejo de tanto aburrimiento. Lo único que podía hacer era gritar como loco, subir a su columpio, comerse las sobras que le daba su dueño de turno y, si podía, morder el dedo que metían por entre los barrotes.

Así pasaron mil días y mil noches frías. Pellico se acostumbró a su círculo de lámina por el que no podía caminar fácilmente y se olvidó de cómo se siente pisar una ramita de almendro o toronjo y de volar por entre los árboles y de cómo huele el aire cuando se es libre.

Alguna vez se le olvidó al dueño cerrar la puertita de su casacrujíacelda. Pellico no supo muy bien qué hacer. Pero se decidió y salió. Se agarró de los barrotes como pudo con sus patitas resecas y entumidas y dio vueltas a su cárcel por fuera. A lo mejor alcanzó a sentir muchas ganas de volar, pero no lo pudo hacer. El gato barcino de la casa lo alcanzó, le mordió el cuello y lo tiró. Pellico gritó y gritó. Apenas pudieron rescatarlo.

Dos días duró su agonía, sus ojos se entristecieron aún más y esa noche, como siempre, volteó su botecito de agua y se acurrucó detrás de él. Y ahí se murió. Dicen que lo enterraron allá atrás por el patio. No lo creo. Porque he visto parvadas de pájaros verdes como Pellico, que vuelan entre los árboles de la barranca, surcan el cielo, forman un grupo desgarbado y gritón. Uno de esos ha de ser Pellico, que vuela por fin, libre en su paraíso.

Tutú

Pronto tendré que irme. Te dejaré dormir, por fin. Para siempre. Algún día, no muy lejano, podré acompañarte a la hermosa sabana que nos dará nuestro gran Dios. A hora estamos aquí. Tú estás tirado sobre el pasto seco que no alcanzó a reverdecer con las escasas lluvias. Nadas en tu sangre que la tierra bebe sedienta, tan rápido.

Pero, ¿cómo pudo pasar? No lo comprenderemos nunca. Lo único que sabemos es que muchos hombres llegaron con el amanecer, con cosas para hacer ruido. Anduvieron todo el día buscando nosequé. Tú pastabas como siempre y uno de ellos te disparó. ¿Por qué no morí contigo? ¿Por qué no huimos cuando el hombre se acercaba, despacio, detrás de los matorrales?

Yo fui tus ojos y tu voz. Ahora no soy de nadie. ¿Recuerdas la vez en que pastabas bajo las grandes acacias? Tenías miedo, pero sabías que yo estaba contigo, sobre tu lomo, mirando por ti. Sí, aquella vez el león de melena negra, hambriento y desesperado intentó atacarte. Yo lo vi caminar, si, deslizándose sobre la hierba. ¿Recuerdas que te grité? Te volviste de prisa y quedamos frente a esa fiera. ¡Ja! Huyó solo al ver cómo te aventabas sobre él. Pobre. ¿Habrá muerto de hambre? Sí, Rinos, es difícil vivir aquí. Sabes que el precio de la vida es el dolor, ¿verdad?

Y mírate ahora, ya no te puedes mover. No volverás a dormir tranquilo bajo los matorrales, cerca del lago. No podrás revolcarte ya en el lodo negro que tanto te gustaba, mientras yo revoloteaba encima de ti. No volverás a sentir la lluvia sobre tu piel. No volverás a beber el agua fresca del arroyo que encontramos una tarde. No sentirás otra vez el olor de tus hermanos. No, Rinos, ya no. Porque el hombre cortó tu cabeza cuando moriste. Quizás se la llevará a donde vive y la colgará a la vista. Pero no le servirá de nada, porque ya no serás tú, sino tu muerte la que él verá.

El hombre nunca sabrá por qué tus ojos eran tan tristes. Nunca sabrá que venciste alguna vez al león de la negra melena, o al leopardo o al chacal. Nunca sabrá cuántos amaneceres contemplamos desde la colina. El hombre cree que no sé qué estás muerto, que por eso no me he movido de aquí desde ayer que te mataron. No sabe que cuido de ti, porque yo era tus ojos y tu voz. Pero el hombre, ¿qué sabe? Nada. Solo mata y de nada le sirve.

¿Recuerdas cuando te encontré? Ninguna garcilla volaba sobre tu lomo. Yo era joven. Al descubrirte volé hacia ti, comí todas las garrapatas que herían tu piel, moscas, todo comí. Y te dejé limpio. Te gustó eso, ¿verdad? Por eso quisiste que me quedara contigo. Pero eso fue hace tanto, ya casi no lo recordaba. Todo lo cambié por ti y tú siempre me quisiste sobre tu lomo. Renos, ¿cómo podría irme ahora? Aquí me quedaré mientras recordamos tantos lagos en que nos bañamos, tantas veredas que caminamos y tantos amaneceres y atardeceres que vimos juntos. No te preocupes Rinos, pronto estaré contigo. Porque, ¿sabes? Solo no podré vivir.

Ya anochece. No puedes oír a la cigarra que canta con tristeza. ¿Sabrá que estás muerto? El sol es amarillo y después rojo, como tu sangre. ¿El sol también se muere? Ya anochece y tengo hambre. ¿Qué puedo hacer? Pronto tendré que irme, Rinos.

El Negrito

Ese perro era bien buena gente. Me cai. Y no digo era porque ya se haiga muerto, aunque tenga a la flaca cerquita. No, sino porque ora es otro, nada de lo que era ayer. A mí, que ni era su dueño, ¡viera cómo me saludaba! Ende que me vía lejos mi iba a alcanzar, corriendo, y meneaba su colita y retozaba y lengüeteaba. Bueno, yo creo que, si los perros pudieran reírse, este Negro hubiera sido el más riondo. Negro le llaman, pos como nadien en su casa le puso nombre, se le quedó así, como el color de noche de su pelo.

Pues sí, le digo. Con todo mundo se llevaba muy bien, a todos quería y todos lo querían. A algunos les parecía encimoso, encajoso pues, la verdá. ¡Ay, el Negrito! ¡Tan cariñoso! Ora nomás queda su sombra, que se arrastra por debajo de los matorrales, por debajo del corral, por entre los árboles, como que le da pena que lo vean. Y la pena es de uno. No, antes no era así.

Lo que pasó fue que un día se fue por allá a trotar con mi Oso que era su cuate, a lo mejor a buscar lagartijas, pero este menso no se fijó y se acercó mucho a la carretera esa, aunque sí conocía a los carros, pues no sé qué le pasó, el chiste es que de su casa lo fueron a traer arrastrando con toda su caderita rota y sus patas machacadas. ¡Ay Dios! ¡Pobre Negrito! Y sí lo querían curar, un día, pero al otro, que, porque andaba mordiendo al Javier que lo curaba, hubiera visto, ¡cómo le fue! Ese méndigo de Miguel que allá arriba han de castigar, le metió una paliza al pobre Negrito. Pos sí, ora sí casi lo mató. Y lo llevó al río y lo aventó desde el puente y el Negrito quedó entre las piedras. Y no sé cómo resucitó y arrastrándose regresó a su casa.

Y ese sin alma del Miguel otras dos veces lo patió y lo casi mató y otras dos veces lo llevó al río y lo aventó desde el puente, otras dos veces resucitó y otras dos veces el Negrito arrastrándose regresó a su casa. Yo creo que alguien que le pega así a un animalito no es gente, oiga. Y como le digo, el Negrito se fue por allá atrás al corral de su casa y el méndigo este no quería que le dieran de comer, pa´que se muriera, ora sí, de hambre. Y la Carmen en veces le daba de a escondidas. Y pasó muchos días así, tantos que de estar echado la mitad de su cuerpo le quedó pelón. Y sí, mírelo usté, en los puros huesos.

¿No será que es voluntá de Dios? Yo no lo sé, pero creo que el Negrito sí va a irse al cielo de los perros. Un mártir, como dice usté. Ora nomás nos mira triste, de lejos, escondido por debajo de las plantas, por entre los árboles. ¿Qué se imaginará?

Estos centavos que usté me da pa´ comprarle patitas de pollo al Negro no sé si lo voy a hacer ¿verdá? Porque mis hijos mismos necesitan más comer que el perrito, pero quién quita ¿verdá? A lo mejor sí lo hago y no por usté, sino por el Negrito porque viera ¡qué buena gente era!

Desquite

I

En el banco, la cajera te malatiende con gruñidos, te pide tus más íntimas credenciales, solo identificaciones oficiales vigentes, con foto, firma, domicilio, huella digital, fe de bautizo -aplica solo para católicos- y ves que te pone jetas.

¡Qué pinches colas de las doce del día o las dos de la tarde! Porque siquiera ahora cierran hasta las tres.

Te pone cara de hastío y, tú, aunque es tu dinero, te sientes como si le fueras a pedir prestado.

El que sigue...

En esta fila la espera es de. dos minutos, ¡ja! De risa, ¿quién habrá construido la chiva esa cuentaminutos de espera en la línea de espera, vulgarmente conocida como cola? Debe ser invento mexicano. No hay de otra.

Y póngale por favor su teléfono, y fírmelo de nuevo, a lo mejor se lo robó. Y la cajera juega con los rollos de billetes y los paquetes de moneda que truena como huevos de cascarones. Y el que sigue. Y eso no es todo, después de las tres de la tarde y una hora de comida, hay que empapelar, ¿O qué es lo que harán?, alteros de papeles, cheques, pagarés, deberés, letras, empeños y demás pignorancias.

II

A la luz tenue de los faros, se pueden ver gotitas que se resbalan por su cara, casi desmaquillada a estas horas. Con las manos juntas como si de oración se tratara, a lo mejor es peticiónsúplicaexigencia o yo qué sé, le implora al galán, a lo mejor un beso, un cariño o el resto de su vida.

Y cuando se ve un poquito más al descubierto, más se esconde en las sombras ligeras de las ocho de la noche, porque cierran a las siete las labores del banco. El galán, imperturbable, no cede. No le da beso, ni momento, ni cariñito ni el resto de la vida. A lo mejor él duda un poco y ella no puede demostrar fehacientemente su amor, porque no tiene foto firma huella digital domicilio teléfono y, sobre todo, no está vigente.

La Licenciada

La piel muestra que el tiempo le ha pesado. Pero la cantidad sigue siendo justa y uno se sorprende de su macicez, de cómo se llenan los pliegues del vestido que se cree puede estallar en cualquier momento por sus costuras.

Y la mujer se mueve como flotando sobre el suelo y su carne sigue un ritmo natural. Las piernas son columnas, bastiones, con la proporción perfecta que a veces intuimos imposible. El vestido termina justamente para que a la hora de sentarse las piernas canten loas a su propia gloria. Las medias son obscuras y enguantan, llenas a más no poder y cuando pasa, el corte deja ver la negrura más superior de la media y el aire deja de fluir a los pulmones.

Se sienta y se columpia mientras habla. El sol no la quiere tocar. El cabello pintado como era de esperarse, en tono ligeramente quemado, como les gusta a las morenas que quieren parecer rubias. Los ojos deberían ser negros, pero no. Son de color miel de abeja, translúcidos, como el cuarzo pulido.

Y cuando se ríe las arrugas no dejan lugar a dudas del tiempo. Aun así, están en el punto   exacto. El perfil es muy conocido, familiar o hasta común. Pero tiene rasgos de altivez, de la que sabe que tiene un cierto poder de decisión. Ahora la rodean los súbditos que comen a sus costas. Domina la conversación y la hacen reír, la adulan los zánganos y las obreras.

De nuevo, el tono de su piel me intriga. Un dorado que está a punto de desmoronarse y sin embargo todavía resplandece. Estoy seguro de que cuando llegue el momento del derrumbe de ese cuerpo, sus piernas portentosas la sostendrán.

La absolución

In nomini Pater, et Fil et Spiricti Sancti...

¿Cómo decirlo, padre? ¿Que si he pecado? Sí, mucho. ¿Arrepentida? Lo estoy. Pero si hubiera oído lo que mis oídos oyeron... tantas palabras de amor derramadas para mí. ¿Es malo necesitar? Sabía que cometía una falta. Y grave. Y contra Dios. Pero es que sus brazos me hacían olvidar, me perdían

porque amor que no devasta no es amor

y sus besos me sabían a miel y perfume. ¿Yo tengo la culpa de que el amor venga en envases tan inconvenientes? Sí, padre, aun así, es mi culpa. ¿Que cómo era? Usted me dispensará si digo que

"sus cabellos eran como racimos de dátiles
sus ojos como palomas junto a canales de agua
sus mejillas como un cuadro de jardín de especias

¿Blasfemar? Perdón, padre. ¿Que cómo empezó mi falta? ¿En el conocimiento? ¿En el enamoramiento? ¿En la consumación? Lo único que sé es que la penitencia ya ha comenzado

los largos días en que no estás y que no sé sobrepasar

con su ausencia. ¿Necesito más contrición? ¿Nadie se apiada de mí? ¿Quién, que ha amado, no se ha perdido? Sí, padre, lo sé, mi corazón se hallaba desviado y yo creo que con justa razón. Porque sus labios me decían verdades

el viento frío se desbordaba y los rayos y la lluvia ennegrecían el ambiente, pero tus manos me quemaban

que yo creía y quería oír y desgranaban caricias en mi piel. ¿Qué me aconseja para mi curación? El olvido. El tiempo. ¿Otro clavo para sacar el que tengo dentro? Cierto, no vengo por alivio sino por arrepentimiento. Me arrepiento por desearlo, por quererlo sólo para mí, por gustar de su presencia. ¿Desde cuándo? Seguro que empezó el día de mi nacimiento, porque de ahí para acá el tiempo se encargó de traerlo. Ya lo esperaba. Ya lo presentía.

¿Te conozco? O, mejor dicho, ¿alguna vez he dejado de conocerte?

¿O no nuestras vidas tienden hacia el amor? No creí, padre, en la calificación de imposible. Y me atreví. Y desde entonces no lo puedo olvidar

porque ahora pueblas mis sueños y te traigo impreso en los ojos y en la boca porque siento realmente una necesidad. Es una ponzoña, lo sé. ¡Libérame, Señor, de mi propia necesidad! ¿Sus manos? Buscaban mis territorios escondidos

explorar tu geografía

conocer tus colinas aureoladas

vagar por el inmenso valle donde reina tu ombligo

me sacaba placeres ocultos de donde no sabía yo que existían, de las plantas de los pies, de atrás de las rodillas, bajo mis codos y de donde empieza el cuello. ¿Perdida? Lo sé, padre. ¿Y sus labios?

vago por tus efluvios

corrientes principales

estoy adentro

me absorbían, quedaba sin aliento. Él me mordía los lunares, los ojos, la nariz y el pelo.

"de tus labios se derrama miel

leche y miel hay debajo de tu lengua

y tu fragancia es como la fragancia del Líbano…"

Y en su cuerpo yo encontraba la mitad, el complemento perfecto. Sus ojos cerrados mirando los míos, mi lengua enrollada en la suya, nuestros pechos coincidiendo, su sexo confundido en el mío, cuatro piernas para sostenernos.

Pecado. Lo sé. ¿No le digo que entonces lo olvidaba todo? ¿Que si hacía mal? ¿Pero quién califica el amor? ¿Y ahora? Vivo al recordar. Y sólo sé que algo ha cambiado. Que me he convertido en alguien que acepta la vida con sus espejismos, porque a veces son los más reales. ¿Me dará la absolución?

Lo sabía. Amén.

La eminencia y el caos

El restaurante del hotel miraba de frente a las heladas montañas boreales: el culo del mundo, pero volteado hacia arriba. Adentro, en el hotel, se extendía la tibieza que permite la civilización. La eminencia estaba hablando. Durante años se interesó en la epistemología de la ciencia, sea esto cualquier cosa que signifique.

—Es que, ¿vos sabés? En esos años nadie había definido ese fenómeno, nadie había estudiado matemáticamente la incertidumbre del riesgo, sí, el riesgo en general, pero pongamos como ejemplo, el riesgo ambiental. Y nadie tenía puta idea de la incertidumbre. Entonces, me puse a trabajar en eso y descubrí que hay un tercer tipo de error científico. Ya sabés que uno es el que proviene de la determinación de la magnitud, otro el que proviene del *bias* y el tercero, que describí, publiqué un libro sobre esto ¿sabés?, es el que es inherente al sistema y lo peor, que es resultado de negociar las constantes. ¡Las constantes! Algo tan inamovible para los físicos, los químicos… Y esto aplica a todo. Esto cimbró la forma prepotente de hacer ciencia de los científicos, porque quiere decir que todo, absolutamente todo, es incertidumbre. Ya ves, los biólogos moleculares, con eso de que están clonando vida…

Su interlocutor principal, entonces, se animó a preguntar:

—¿En dónde dijiste que trabajas, eh?

—En el Instituto IES, ya tengo diez años ahí.

—Pero el lugar, ¿cómo se llama el lugar?

—Es Ispra, en el lago Maggiore.

—¡Ah, en Varese! Es la tierra de mi abuela. Siempre deseo regresar allá, y sí, finalmente la llevamos. Quiero decir, sus cenizas. Porque no quería que la enterráramos en Santiago.

—¿Vos viviste en Santiago?

—Sí, ahí nací. Cuando llegó Pinochet salimos huyendo. Mi padre pensó que el tipo se iría pronto, por eso nos quedamos cerca, en Caracas. ¡Puta! Cómo no nos fuimos a Australia, si teníamos la…

—Pero te estaba diciendo, hay fenómenos que no puedes predecir, que en esencia son…

—¿Aleatorios?

—¡No, no! Hasta lo aleatorio es predecible, mediante la teoría estadística. No, no. Caóticos, que no pueden siquiera ser modelados.

—Yo te modelo lo que quieras.

—¡Te digo que no es posible! Conozco gente con Nobel que no han podido con la cosa. ¿Dónde dijiste que estuviste?, ¿en la Autónoma de Madrid?

—No, en la Central de Madrid, después de que estuve en el Imperial College. Estuve en España porque mi madre era española y tenía sus contactos. Pero yo no tenía la nacionalidad y en una de esas que revisaron los expedientes, me echaron. Y tuve que regresar a Caracas.

—Sí. Te decía que los científicos son unos arrogantes. Como eso de la genética molecular… Mi ex esposa trabajó en Michigan para la Universidad y para la Monsanto, me explicaba todas sus cosas, lo que hacía, sus clonaciones y la corrupción. Cuando se cansó de tanta mierda se fue a vivir al desierto. Al de Arizona. Ahí vive con mis hijos.

—Pero donde estás trabajando es muy bonito, ¿no?

—¡Sí! Podés ir a esquiar a los Alpes. Venecia queda muy cerca, también Milán, Verona. Pero a mí me gusta el desierto, es hermoso, como el de Arizona, allá voy cuando veo a mis hijos.

—Pues yo vivo en Caracas una parte del año, el resto estoy en Padua, con mi esposa, que es italiana. Yo no volvía a Santiago desde lo de Allende. Hace unos años fui, pero todo ha cambiado.

—Pues yo nací en Buenos Aires y también tenía mucho de no ir. Cuando cayó Alfonsín fui, a la Universidad. Me ofrecían algo. Llegué. Pregunté si ya las cosas eran diferentes con el nuevo gobierno y el tipo que vi me dijo: Victor, sinceramente, está la misma gente que antes. Yo le dije adiós y no volví. Con los torturadores no trabajo. Me regresé a Londres. Y esto te lo digo con tristeza, porque, aunque en Europa…

—Sí, a mí también me gusta el desierto.

—¿Conocés el Atacama?

—No. Fíjate que una vez, cuando era niño, mis padres se fueron de vacaciones y se llevaron a algunos de los hijos, no a todos porque el viaje costaba una fortuna. Yo no fui.

—Yo hacía el camino de Santa Ana a Quilombo, cruzábamos el Andes, cuando tenía 15 años. También íbamos al sur, a Valdivia.

—Yo no fui, y cómo me arrepiento de no conocer el Atacama.

—¿Cuántos años tenés?

—59. Mi abuela se murió a los 75. Así que todavía me quedan unos 15 años para conocer ese desierto. Por cierto, que hace tiempo metí mi solicitud para ingresar al IES, pero me rechazaron.

—¡Qué casualidad! Yo estoy en el comité de admisión del Instituto.

—Entonces, ¡quizá fuiste tú el que me dio la patada en el culo! ¡Y todo por ser chileno!

—¡No! ¿Cómo crees? Si a mí los chilenos me caen bien.

—Yo regresé a Santiago cuando se fue Pinochet, bueno, todavía no se va, pero quiero decir, cuando el primer año de Aylwin, ¿sabes? Y fui a mi patria chica, al terruño. ¡Había pasado tanto tiempo!…

—Sí, muchos vuelven.

—… ¡Tantos años! Ya no reconocí nada. Yo era niño cuando. Me habían dado una bequita en el Imperial College, una especie de año sabático, así que busqué en la Universidad de Santiago y me dijeron que no había ninguna posición disponible, que la gente favorable al régimen todavía estaba ocupándolas. Y yo necesitaba… Ya me había casado y así no podía esperar tanto, a mi esposa no le gustó. Nos tuvimos que volver para Caracas.

—Yo también, no regresé en años, no podía perdonar. Pero mis papás se volvieron viejos y tuve que ir. Pero les dije: a vivir no regreso.

—Han pasado tantos años

—Yo estoy bien en Italia, se vive bien ahí. Pero es cierto, no es lo mismo, porque hay algo que buscas en el aire, pero no encuentras. Un olor. Como si todo fuera incertidumbre. Caos.

El recuerdo

Llego con el *maistro* mecánico, como siempre. Es cumplido y amable. No quisiera saludarme para que yo no toque su mano grasosa. Ofrece entonces su brazo

cosa curiosa de la gente

y me atiende con untuosidad, explicando hasta el mínimo detalle. Dice que, al rato, Dios mediante, o que mañana, si Dios otra cosa no dispone, estará listo mi coche. También me pide que le llame más tarde para confirmar

¡uy!, como ingeniero

y me pregunta si tengo su teléfono. Me pregunta si tengo su tarjeta y yo, que la pierdo cada vez que me la da, le digo que no.

Entonces él vuelve a ir, como cada vez, adentro de su tallercito, abre un cajón de madera gastada que no puede estar más mugroso, saca un paquetito y de ahí una tarjeta. Toma su pluma, y con un suspiro, raya en la tarjeta el nombre de alguien, a lo mejor el recuerdo de un mal amor. Y me la da. Abajo del rayón se puede adivinar un nombre: Abraham.

La jaula

Día 1. Hoy llegaron a la casa en su jaula nueva. Los chicos estaban felices. La parejita de hámsteres, Flippy y Flappy, explora, husmea, prueban sus pequeñas croquetas. Suben y bajan por el iglú de juguete, el coco-hogar, toman agua del bebedero que está sobre unos bloquecitos de madera para que alcancen. Giran y giran en la rueda de plástico verde. Los niños jugaron mucho con ellos. Un rato después, con las luces apagadas, duermen con las patas para arriba.

Día 7. Con más confianza, los ratones suben y bajan como desesperados. Saltan, se agarran del bebedero, se columpian y repiten la rutina por horas. Tuvimos que quitarles algunos aditamentos. Por ejemplo, los bloques de madera y la rueda de plástico verde, porque el macho se ayudaba de ellos para sus habilidades de escapatoria. Lo encontramos una vez en un zapato, otra por la puerta del baño y otra adentro de la lavadora de trastes. La pareja se lleva muy bien. La hembra es ligeramente más grande y muy tragona.

Día 10. Decíamos que los hámsteres no se organizan, pero misteriosamente el macho puede escaparse aun cuando ya no tienen la rueda. Probamos a quitar el bebedero porque le servía de escalón también. Dicen que Flippy, el macho, se sube encima de Flappy, la hembra, y que así alcanza el borde. Yo no sé.

Día 15. A veces los ratones corren sin parar, se llenan la boca de croquetitas, hacen nidos en la viruta. Sus coco-hogares están ideales, primero tuvieron solo uno y adentro se hacían caber, metían el cuerpo, pero dejando las patas de fuera. Ahora cada uno tiene el suyo. Mi hija los decoró y pintó a mano. A veces Flippy está pensativo. Y si un día lo liberáramos, ¿podría recordar esta etapa en que vivió con nosotros? En la noche duermen a pierna suelta.

Día 20. Ya sonó la alarma. Los ratones se comportan muy sospechosos. Flippy no deja de seguir a la hembra. Ella huye, pero cuando la alcanza entorna los ojos y las piernas y empieza un rejuego amatorio no apto para la vista de los menores. ¡Están jugando!, dicen los chicos sorprendidos.

Día 25. La parejita está en plena luna de miel. Duermen juntos, beben juntos, comen juntos. Los niños los sacan de su letargo egoísta y les hacen ver su suerte. Flippy ya no ha intentado huir.

Día 30. De día duermen normalmente, pero de noche empiezan los problemas. Flippy acosa a la hembra, la muerde, le jala el pellejo. Flappy corre desesperada y chilla como ratón. Luego se hace el silencio.

Día 33. Flappy se comporta sospechosa: ¡está embarazada! Está más gorda de lo normal y tiene un arco de pechitos hinchados. Flippy no entiende razones y le muerde el cuello queriendo convencerla de hacer no sé qué cosas. La gorda se encierra sobre sí misma y lo ignora. ¡Vamos a tener unos preciosos ratoncitos!, dicen los chicos.

Día 40. Más pronto de lo que esperábamos, Flappy da a luz a cinco diminutos ratones color de rosa, sin pelo. Flippy no sabe qué pasa. La hembra, en cambio, asume pronto su nuevo papel y cubre y limpia a cada ratón. Los abarca a todos y los calienta.

Día 42. A Flippy le cae el veinte. No le queda más que colaborar. Cuando Flappy va a comer o a beber agua, él se queda con las crías. Por supuesto que ya no puede escapar. Ni modo, varón domado.

Día 45. Las crías crecen, van tomando forma de ratón bonito. Los chicos ya les pusieron nombre, a los machos como su papá y a las hembras como su mamá: Flippy Junior, Flappy Segundo, etc. Sólo al más pequeñito, que es casi de color blanco le pusieron un nombre diferente: Fantasmita. A Flippy lo separamos de la familia porque pelea con la madre.

Día 55. Tuvimos que salir de la ciudad y no dio tiempo de completar la otra jaula para que Flippy se quedara a buen recaudo. Como Flappy todavía está amamantando a las crías, pensamos que nada podía pasar, los dejamos a todos juntos y les echamos la bendición.

Día 58. Regresamos y todo parece OK. Ninguno está muerto, todos vivitos y coleando. Los pequeños ven crecer a los ratoncitos desde fuera de la vitrina. Serán vacaciones y tendremos que regalar a tanto ratón. Empezamos a buscar quien los quiera. Por los olores de los animales, sacamos la jaula de la casa y la pusimos en la terraza.

Día 65. Pudimos colocar a varios de los ratones. Una cría por aquí, otra por allá. Flappy se va a una casa y Flippy a otra con una cría. Al poquito nos avisan que Flappy en realidad ya iba cargada y que acaba de dar a luz a otra recua de hijos. ¡Pinche Flippy!

Día 70. Ya no pudimos regalar más ratones. Quedan Flippy Junior y Fantasmita, la segunda generación, los dos machos. Ya crecieron y se la pasan durmiendo de día, los chicos casi ya no los visitan. De noche se oyen chillidos y corretizas.

Día 95. Domingo. Los pequeños juegan un rato con los ratones. Mi hijo quiso que se les pusiera su rueda. A mí se me olvidó sacarla y un rato se quedaron sin tapa. En la noche yo les llevé agua y alimento y se me hizo un poco raro no verlos, pero pensé que estaban durmiendo en su coco-hogar.

Día 96. Los ratones huyeron. Se salieron de la jaula. El vecino me tocó la puerta y me dijo que un ratón había aparecido en su recámara, que, si era mío, que lo había puesto en el bote de la basura. No me dio tiempo de negarlo, así que fui a verlo. Sí, era Flippy Junior, escapista como su papá. Del Fantasmita, ni sus luces.

Día 110. Los chicos otra vez fueron a jugar con el ratón. Otra vez la jaula se quedó sin la tapa un rato y el hámster huyó. Lo buscamos por la casa. Pensamos que aparecería pronto.

Día 111. En la mañana, cuando fui a sacar el coche, encontré los pedacitos de Flippy Junior regados en el jardín. Los perros lo habían encontrado cuando trataba de huir y esta vez no la había hecho. Ahí quedó, como la Coyolxauhqui: los perros cabrones ni siquiera se lo comieron. A los chicos les dijimos que no lo habíamos encontrado, que a lo mejor había llegado a otra casa o que andaría en los campos en busca de su comida.

Aquí termina la generación ratonil de Flippy y Flappy.

El mérito

Esta pequeña obra se me ocurrió cuando me pregunté quién tiene el mérito de la civilización. Los personajes son él, ella, la Institución del Matrimonio, la Santa Madre Iglesia, el Amor, La Pasión, representada por el señor Testosterona, y un invitado sorpresa. Se abre el telón.

Una pareja se alista para ir a dormir. Él cierra con llave las puertas de la casa, entran a la recámara, se ponen el pijama, apagan la luz y se acuestan.

Quién sabe por qué, al poner la cabeza en la almohada, a la gente le da por filosofar. Él dice que al mérito del hombre se debe que las sociedades sobrevivan. Ella no concuerda y dice que es a la mujer y al matrimonio. Mao decía que al trabajo y Engels que, a las herramientas, en fin. Él dice algo entre dientes.

Se oye un suspiro. No concuerda con ella, pero ¿qué puede contestar? En eso, tocan la puerta de la casa. Ellos se levantan y abren. Entra una señora, es la Institución llamada Matrimonio, está entrada en años, gorda, y trae algo así como una balanza en las manos. Ellos se sientan en la sala y la señora Matrimonio empieza a pontificar.

Matrimonio: Efectivamente, se debe a esta su servidora, esta noble Institución, que perviva la sociedad y que se desarrolle. Recuerden que el Matrimonio es la única manera legal y moral de fundar la familia…

Él: ¿Te acuerdas, vieja, cuando nos casamos?

Ella: Sí, te pusiste una borrachera que ya casi no podías ni cumplir.

Él: Pues nada más una vez se casa uno y había que celebrar.

Matrimonio: Es un vínculo legal pero disoluble…

Él: ¿Es cierto que, al casarse por bienes separados, si hay divorcio, uno de los dos puede quedarse con todos los ahorros de la pareja?

Ella: ¡Cállate!, tu boca se te haga chicharrón. Ya te dije que el que se vaya de la casa se queda sin nada.

Él: ¡Mecos!

Matrimonio: Aparte de la especificación de la separación de los bienes materiales que durante la vida conyugal la pareja haya reunido, hay que decir que sólo mediante esta Institución Matrimonial los hijos quedan legalmente protegidos. La descendencia…

Tocan de nuevo. Abren y entra una viejita.

Santa Madre Iglesia: ¿Alguien me habló? Oí por ahí que hablaban sobre la santificación de la descendencia, que se da únicamente mediante el sagrado y puro matrimonio. ¡Ustedes se casaron ante Dios, no ante un juez secular!

Él: Oiga, ¿y usted qué opina de las bodas gay?

La Santa Madre pega un gritito de horror.

Santa Madre Iglesia: ¡Argh! ¡Blasfemia pura! ¡Que ardan en los infiernos! ¡Es antinatural!

Ella: Pero si eso no nada más pasa con los humanos, ahí están los caballitos de mar que pueden ser machos y después hembras y entonces…

Santa Madre Iglesia: ¡Calla, calla! ¡Les está deparada la excomulgación! ¡*Vade retro*!

Se hace un silencio sepulcral, ¿será cierto que los sepulcros realmente están en silencio?   En la sala todos ponen cara de circunstancia, mueven lentamente la cabeza sopesando las maldiciones de la Santa Madre Iglesia.

Ella: Bueno, yo nada más decía que a la mujer se le debe eso de que esta sociedad tenga un rumbo, que, si no hubiera sido por el matrimonio, matriz=madre, todavía andaríamos como changos, en bola, entre los árboles.

Matrimonio: Efectivamente.

Él: Pues sí, porque si no hay obligaciones ¿para qué trabajar?

Ella: ¡Desobligadotes!

Él: Pero estaba yo diciendo que no, que es el hombre el verdadero responsable, con eso de que quiere uno trascender, para que los hijos lo recuerden a uno. Pero la verdad, a veces la procreación nada más es el resultado de un impulso…

Santa Madre Iglesia: ¿Impulso! ¡Es la consumación de un amor bendito! O qué, ¿eres nada más un animal?

Él: Bueno, yo nada más decía.

Ella: Pensándolo bien, creo que no es el matrimonio, sino el amor. Obviamente, patrocinado por el eterno encanto femenino.

La señora Matrimonio se tapa la boca y se echa a reír, un pujido que intenta apagar. La mujer la ve, la censura. La Santa Madre Iglesia hace un gesto aprobatorio. Él voltea hacia el techo, advierte una telaraña reciente. Baja y sube la mirada como para cuestionarle discretamente a ella que hace días no le pasa un plumero a las paredes. Ella le contesta con un gesto amenazador. Él voltea para otro lado, sin buscar más telarañas. Tocan de nuevo. Abren. Es un gordo, rubio, con una sábana como taparrabo. Las lonjas le cuelgan por los lados y trae un arco en la mano.

Cupido: ¿Alguien mencionó la palabra más hermosa del Universo? ¿Eh? ¡Amor!

Echa una o dos flechitas al aire. Huele a un perfume exquisito.

Él: ¡Puagh! ¿Qué desodorante te pones mano? Deberías bañarte más seguido.

Ella: Son jazmines, ¡burro!

Él: Me vale, yo prefiero oler a limpio, a jabón.

Cupido: ¡Ay! El amor es poesía, el sentimiento más puro y noble…

Él: Oye, ¿y el amor homosexual es como el heterosexual? Pregunto por aquello de los orificios…

Al oírlo, la Santa Madre Iglesia se desvanece y queda desmayada en el sofá. La señora Matrimonio escucha con discreción, mientras se distrae con unos títulos del librero.

Cupido: ¡Ash! ¡Claro! Lo que importa es la esencia.

Matrimonio: No pude evitar oír la pregunta y deseo participar. En países desarrollados, económica y socialmente hablando, existe el matrimonio entre personas del mismo sexo. Aquí en el país también es posible encontrar una figura legal similar, como es el caso de las sociedades de convivencia.

La Santa Madre Iglesia, que ya se repuso, se incorpora, se echa aire y agita las manos arrugadas frenéticamente. Huele a naftalina.

Santa Madre Iglesia: ¡No! Eso es pecado a los ojos de Dios. Él dijo que hombre y mujer los creó para que se ayuntaran y poblaran el Mundo, que el pecado nefando es mortal… ¿o capital?… eeh… ¡Venial! Es el Malo el que hace que hombres se den con hombres, en relaciones improductivas y pecadoras. ¡Vas pa´ tras Satanás!

Él: Pues como dicen por ahí, para mí que la responsable es la hormona, ¡jejeje!

La mujer lo voltea a ver y con la mirada le censura su boca floja. Tocan de nuevo. Abren. Entra el señor Testosterona, fuerte, musculoso, huele a sudor rancio y otros fluidos indescifrables. La sala ya está casi llena.

Testosterona: ¿Qué pasó mano?

Le da una fuerte palmada al hombre.

Testosterona: ¿Cómo va aquello? ¿Sigue funcionando como en tus veintes, mano?

Él: Shhhht. No hables de eso, que me da penita.

Testosterona: Ya te dije que, si no, hay muchos remedios, mano. Ahí está el polvo de cuerno de rinoceronte y si eres ecologista, pues el té de la manita. Si no crees en remedios caseros, pues prueba la pastilla azul o la otra, que te la puede poner bien por tres días.

La Santa Madre Iglesia, que apenas se estaba recuperando, se vuelve a desvanecer al oír esto. El señor Testosterona voltea a ver a la Institución Matrimonial y le dice bajito al hombre, en el oído:

Testosterona: No está mal, ¿verdad? ¿Cuántos añitos le calculas?

Él: ¿Yo? Esteeee…

La mujer le echa unos ojos de pistola.

Él: Esteeee…

Testosterona: No te hagas buey, desde que llegó no le quitas los ojos de encima.

Cupido: Decíamos que se debe al amor el establecimiento de la sociedad avanzada, porque con amor todo, sin él nada…

Testosterona: ¡Cállate pinche gordo! ¡No mames, buey! Todo mundo sabe que es el instinto, el sexo puro y duro el que mueve todo este negocio. Amor, Matrimonio, ¡la manga! Cuando ya la tienes a punto lo demás vale… poco. Se te olvida la corrección, si es dama o caballero, soltera, casada o viuda, cuando ya estás bombeando…

Ella se acerca y le da un bofetón al señor Testosterona.

Ella: ¡Animal! ¡No nada más es sexo y ya! Y los sentimientos qué, ¿no cuentan?

Testosterona: ¡Pega como boxeador! Pinche vieja. Le ha hecho falta que la eduques mano, dice dirigiéndose al hombre y tomando un lugar a su lado.

Él: Ya bájale, me estás haciendo quedar mal.

Testosterona: Más mal te voy a hacer quedar cuando yo ya no esté. Tú me entiendes…

Cupido se le acerca y le limpia la sangre de la boca.

Testosterona: ¡No me toques!
Cupido: ¡Ay! ¡Brusco! ¡Malagradecido!

Tocan a la puerta otra vez. El ambiente ya se caldea y ya no hay lugares disponibles en los sillones de la sala. La Santa Madre Iglesia vuelve en sí. El hombre abre. Entra un contorsionista que lleva en las manos unos listones azules brillantes, con los que hace figuras, hélices, que enrolla y desenrolla, como bastonera.

ADN: ¡Taraaaaannnnn!
Ella: Y ese … ¿Quién será, tú?
Él: Ni idea.
ADN: Llegó el Rey del Universo… Su majestad, Ácido Desoxirribonucléico I. Pero pueden decirme ADN.
Matrimonio: ¿Y cuál es su papel legal aquí? Le pregunta levantando la ceja.

ADN: Nada más y nada menos que soy el Principio Vital, el Inicio y el Fin de lo conocido y lo desconocido, el Aliento Primigenio, que reina en lo minúsculo y lo grandioso, desde la bacteria hasta el elefante, pasando por plantas y algas…

Testosterona: ¡Me das miedo!

Ella: Para la otra te saco…

Testosterona: OK, OK, me voy a portar bien. ¡Hasta me puse blanco del susto!

ADN: Yo reino sobre todo lo vivo y lo muerto, por mí los bichitos hacen sus cosas y se dividen, las plantas dan semillas y se perpetúan, los animales copulan y se reproducen…

Ella: ¿Quieres decir que todos los seres vivos solamente obedecen a un impulso natural e inevitable?

ADN: Gloriosamente, sí.

Ella: Entonces, ¿qué papel tiene la mujer en la sociedad?

Él: ¿y el trabajo?

Testosterona: ¿y la pasión?

Matrimonio: ¿y la ley?

Santa Madre Iglesia: ¿y Dios?

Cupido: ¿y el *amour*?

ADN: No sé. Pero sí, ¡yo soy el responsable de todo! Una partícula química que impera sobre el mundo, que sólo piensa en el espectáculo grandioso de la Vida, pero para la que no hay nada más importante que la ¡reproducción! ¡Reproducción! ¡Reproducción! ¡Reproducción!

Al conjuro de la palabra mágica, el contorsionista se convirtió en dos contorsionistas, que bailaban rítmicamente cada vez que decían reproducción, después eran cuatro y después fueron dieciséis. Antes de que la casa se atascara con tanto contorsionista de listones azules, la mujer les abre la puerta a todos y les dice que se pasen a retirar por favorcito, que los dispensen, pero ya es hora de dormir. Todos se van cantando y bailando al ritmo de la canción del contorsionista.

La pareja entra a la recámara. Apagan la luz. Se acuestan. Él, juguetón, pone su mano sobre las piernas de ella y la acaricia. Ella gruñe para advertirle que es tarde, que la noche se acaba, que mañana los niños se van a la escuela temprano, que hoy mejor no. Él, desencantado, se voltea, cierra los ojos y empieza a soñar.

Correo electrónico para un amigo que quiere casarse

De: Gilberto O.
Para: Chokis2814.

¡Hola Chokis!

¿Qué pasó compa? ¿Cómo estás, qué dice la vida?

¿Es cierto eso de que te vas a casar? Bueno, ahí me cuentas luego.

Pues nada más te escribo porque estoy algo preocupado, pues. La verdad, muy preocupado, mano.

Te diré que las mujeres cuando andan de novias son hermosas, atractivas, graciosas, llenas de misterio y sensualidad. Y sus cuerpos son tan lindos, sus olores tan fragantes... pero cuando tienes 15 o 20 años de casado, podrás hablar mucho de sus manías, sus kilos, su apatía, pero de sus cuerpos y olores ¡no!

Para que veas que muchas cosas cambian. Cuando andan de novios los hombres y mujeres son iguales, aún con eso la liberación femenina, etc. Tú, por caballerosidad, les abres la puerta del auto o del restaurant, les regalas flores, tarjetas o joyas. Ellas corresponden con besos, abrazos y mimos, lo que saben hacer muy bien. Cuando recién se casan las cosas no cambian mucho todavía, ella se hace llamar la esposa del Licenciado Fulano, trata de estar a la altura de las circunstancias, aprender las tareas del hogar, colaborar, participar, en fin. Pero cuando llegan los hijos, ahí sí se jode la cosa. Principalmente, tu esposa, tu amorcito, se convierte en La Madre, con mayúsculas. Y tú pasas a ser el marido.

Entonces ella quiere respeto, consideración, exige Re-ve-ren-cias. Cuando pasan los años se transforma en gendarme, le gusta la disciplina militar, la obediencia absoluta. Y el 10 de mayo, por supuesto, es el epítome de la Maternalización Nacional. No importa que tú les hagas el desayuno a los niños, los lleves a la escuela, los recojas, les des de comer, hagas la tarea con ellos, en la noche les des su cena y luego los lleves a dormir, ¡no! ¡Lo que importa es que La Madre los cargó en su vientre nueve meses! Los ascos, los mareos, los antojos y ¡el parto! En fin.

Entonces llega el ángel salvador de todos los matrimonios. No pienses mal, es la empleada doméstica. Con ella en el hogar las cosas pueden regresar a la normalidad. Ya hay quien cocine y limpie el desorden, recoja los cosméticos de La Señora y su ropa sucia, revise la despensa, cocine, planche la ropa, le dé de comer al gato, haga el jardín, y a veces cuide a los niños mientras La Señora va a tomar el café con las amigas o a la manicure, etc.

Y el amor… pues también se transforma ¿Te acuerdas del chiste ése de quién es quién en las mañanas te gruñe, todo el día se la pasa ladrando y en las noches te desconoce? Pues ni más ni menos.

Bueno mi Chokis, ahí para que le vayas pensando.

¡Nos vemos!

Gil

PD. Dice mi esposa que felicidades y que te manda muchos saludos.

Día de San Juan

El sol alumbra con trabajos por los pocos huecos que le dejan en el cielo las nubes. Como que quiere lloviznar, pero no, anoche fue suficiente. La humedad puede olerse como un suave aroma de pastos y de rocío. Camino y veo que en la hierba un montón de hormigas voladoras hacen sus pininos.

Hormiguita de San Juan
¿Para qué quieres volar?

No eres mariposa, ni lo serás

Y hacen las hormigas su propia nube, cien, mil, no lo sé, y todas aletean con lentitud, unas apenas se levantan del suelo, otras hacen formaciones en rectas y otras más arriba vuelan con esfuerzo. El sol de las cuatro entibia y, a las hormiguitas aprendices de mariposas, las oigo reír y cantar. Arriba, ya cerca del cielo, otras expertas en piruetas dan rápidos giros, se lanzan en picada, en tornillo, en rehilete, en quiebre y en otros malabares que todavía no tienen nombre. Las mariquitas.

Hormiguita de San Juan
¿A quién se le ocurre que puedas volar?
No eres pájaro ni lo serás

Y son un buen. Sus alas hermosas de murciélago negro, doradas, cortan el aire a su plena voluntad, y ¡qué griterío se traen! Una tras otra pesca hormigas voladoras y siguen gritando, ríen de gusto. Su buchito lleno.

Hormiguita de San Juan
El suelo no deberías dejar
Volar como ángel su precio tendrá

Se me hace que a Dios un día se le pasó por la cabeza que un bonito regalo para esa hormiguita que nace la noche de San Juan, sería unas cuatro alitas delgadas y suaves que le darían por un rato la felicidad de volar. Pero nada más.

El sol resplandece. Las mariquitas se han saciado. Estarán en los nidos con sus crías que abren tamaño picote y exigen comida. Ahora despiertan llenitas también. De las hormigas de San Juan, que se han atrevido a imitar a los pájaros y a las mariposas, sólo quedan unas alitas transparentes que el viento se lleva con facilidad.

Hormiguita de San Juan
Al otro día de tu nacimiento
Tus alas ya no sirven para volar

La empleada del *United States Post*

A las 8 con 15, la empleada postal llegó a la oficina, puntual, como tantas veces. Ya en su lugar, sacó la Smith and Wesson calibre 32, cargada con seis tiros, el peso en el bolso ya le resultaba molesto. Le quitó el seguro y disparó, como sin apuntar. Le dio a su jefe que se asomaba desde el privado para verla llegar. Con él se había dado varios fajes en el pasado. Le metió otro tiro a su compañero de escritorio, y también ex amante. Otra bala fue para su amiga y confidente, que en ese momento salía de la cocina, donde ya olía el café.

Salió de la oficina y se encontró con la vendedora de sellos postales, que ya corría para protegerse, y por eso la bala le entró en la espalda y le salió por un pecho.

El penúltimo tiro le tocó a un cliente en la ventanilla que recogía sus estampillas para enviar una carta muy lejos. Un cristal también voló en pedazos.

Ella se recargó en la mesita que la gente usa para hacer anotaciones de última hora, pegar sus sellos y cerrar sus sobres. Entonces se acordó que la gente ya no escribe cartas como antes, que ahora se utilizan los e- mails y los tweets, que los amores se acaban y la vida se va.

Se apuntó a la sien y apretó el gatillo.

Relatos

Día de Muertos

I

Despertar en mi pueblo siempre es un renacer. El aire fresco de la mañana, el sol que se filtra suave por entre las hojas de los árboles y forma filigranas en el suelo. Se oyen cercanos los quiquiriquíes de los gallos y llega el olor agrio del humo. Este lugar me ata frágilmente. Me siento relacionado con esta tierra y es el único sitio al que pertenezco. Será porque mi ombligo está enterrado ahí, cerca del almendro y todavía me jala, me atrae.

Y el tiempo aquí no importa. No transcurre, nada pasa. El sol dirige el ciclo vital, a veces llueve, a veces acalora, los árboles retoñan y la hierba también, luego las frutas caen y se pudren en la tierra, esparcen un olor dulzón de mangos y ciruelas.

Hoy recordamos a los muertos. Y los primos que hace un año estaban enterrando a mi tía hoy aprovechan para reír de unos chascarrillos sobre ella. ¿Así será después de mi muerte? ¿Seré pretexto para contar chistes? O como la prima, que meses después de la muerte de su hija, mi niña veinteañera, se solaza en el baile mientras yo recuerdo su partida. ¿Por qué será que vivo enlutado y la gente parece que no recuerda tan a menudo a sus muertos queridos?

Porque yo camino en las calles de este pueblo y mil tiempos pasados no me dejan vivir el hoy y no hago sino recordar y todos los muertos vuelven a aparecer. Porque estoy atado frágilmente a esta tierra por mi cordón umbilical que me jala desde ahí, desde cerca del almendro.

Me columpio en la hamaca. Los pájaros alborotan con gran ruido. Una primavera de patas flacas salta de rama en rama en el chicozapote. Mientras, el tiempo está, según yo, paralizado. El centro del mundo. La hamaca es cuna y sepulcro, inicio y fin.

II

Vivos y muertos están a mi lado. Se dan un festín de recuerdos mientras yo hago como que los ignoro. Anoche fueron los muertos chiquitos, los que murieron inocentes; hoy son los grandes, los de pecados capitales y peores, los que sufren por el perdón.

Te rodearás de velas encendidas que marcarán el sitio del recuerdo. El camino de pétalos de cempasúchil será el pasadizo por donde tus muertos transitarán con libertad. Llegarán con las sombras para no asustar demasiado. Los pájaros negros armarán tremendo alboroto y con ese ruido es difícil que las ánimas lleguen. Con la caída de la noche, al encender su veladora para cada uno, al esparcir el aroma del pan recién hecho, el olor de la calabaza en dulce y los tlaxcales, se acercarán con lentitud, a lo mejor con pena, como queriendo no molestar.

Mis padres esperan a sus muertos. Y yo también. Pero entonces, ¿de quién son los muertos? Yo creo que los muertos son de quien les duele y los siente. Aquí está mi hermana Lilia muerta bebé, aquí mis tíos, aquí mis tías, acá la madrastra de mi madre y mi abuela, allá mi niña veinteañera, aquí voy yo mismo que cargo el pequeño ataúd blanco de mi sobrino,

*el sol vuelve a caerme a plomo en la espalda mientras
encabezo el surco de dolientes*

acá mi tía con olor de café, apenas muerta, pero ya fría y
endurecida, aquí veo a mi abuela centenaria, la veo por una rendija
de la ventana, con su vestido blanco de popelina y en sus manos
crispadas un pequeño rosario mientras mi padre y mi hermana lloran
a sus pies. Acá está mi amigo, con bigote crecido, tan inteligente y
joven, se ha ido, se ha enfriado, ¿dónde quedaron tus glorias, dónde
tus luces?

Somos los puentes entre nuestros muertos y este mundo que ya
los olvida. Los siento cerca, en estas paredes, se esfuman cuando los
busco. Los adivino, aquí están. Quizá ya se han cansado de nuestra
invocación anual, a lo mejor ya no vendrán más. A lo mejor los han
invitado a otra ofrenda donde también los recuerdan y están un rato
aquí y un rato allá. O se encontraron a sus cuates idos y vagan por
estas calles polvorientas y recuerdan las parrandas juntos, los
chismes de lavadero y de cocina, los juegos de niños o yo qué sé.
Entonces ya no tienen hambre y se riegan por el pueblo, soplan entre
las ventanas, haciendo bailar las velas, haciendo ondas en el agua y
en el mezcal. En fin, la noche de muertos se ha convertido en fiesta.

Mientras, yo estoy de pie y mis muertos giran alrededor y los
siento, los respiro. Los tengo adentro, se meten al corazón y demás
vísceras, corren por la sangre, exploran los recuerdos y penetran en
los huesos. Soy su ofrenda y se alimentan de mí, me guiñan un ojo,
escapan por mi respiración, dejando residuos de espíritu que huelen
a polvo viejo y tumba.

Domingo de ramos

Mañanita brumosa, fresca. A estas horas tan tempranas sólo veo desharrapados, despiertan adoloridos después de una noche casi insomne. Un pepenador se apresura, jalando su carrito de desechos y cartones. ¿Adónde irá tan temprano? Su cara cenicienta y mugrosa muestra las huellas de una vida difícil. Siempre he pensado que entre más jodido estás, más frío tienes, por eso los vagabundos traen chamarras, cobijas y montones de cartón aun cuando el sol queme como hierro líquido.

Perros que cruzan la avenida vacía de prisa, buscan los olores alimenticios. Mañanita de domingo. Nadie más en la calle. Mientras algunos todavía se arrebujan entre las sábanas, el campaneo y el cueterío han despertado a madrugadores devotos. Van o vienen.

Domingo de ramos y palmas benditas, tejidas por niños y adornadas de flores. Los más pobres, los más cercanos a Dios, protegen el mañana con su bendición.

Viernes Santo

Por la mañana no sonaron las campanas porque ese día todo es luto, con matracas llamaron por las calles de la colonia perdida.

En la capilla, los santos, las vírgenes y hasta la foto del Papa estuvieron cubiertos con mantos morados. El Vía Crucis empezó allá abajo, en el terregal, cerca de la barranca.

¡Crucificádle! Dicen que dijo la turba aquella vez. Así que a Miguelito le hicieron cargar una cruz de madera, de tamaño apropiado a su edad, y en la cabeza le pusieron también una coronita de espinas. Otros dos chamacos, que imitaban a Dimas y Gestas, lo acompañaron, a falta de cruces, con palos recién cortados.

El camino pedregoso serpentea y justo en el puente sobre la barranca inicia una subida con pendiente extrema que, después de una curva a la derecha, termina justo en la capilla.

Después venían los soldados romanos que a cuerazos nada fingidos hacían que los crucificables se acordaran de sus chiquipecados. Atrás varios niños más venían vestidos de pueblo antiguo. No faltaba el padrecito, un seminarista también de corta edad, de unos diecisiete años, que habló con mucha experiencia. Unos cincuenta vecinos completaban el grupo.

En cada estación, el Cristito actuaba como correspondía, ya cayendo al suelo, ya prestándole la cruz al Cireneo. El seminarista discurseaba sobre el significado teológico del momento y finalizaba con peligrosas arengas reivindicatorias sobre la desigualdad, la injusticia, la violencia contra las mujeres, la pobreza, etc. Para pasar el trago amargo, el Sebas entonaba esa de "No estés eternamente enojado, Señor". Y seguían subiendo la cuesta, los moños de papel crepé blanco y morado marcaban el camino. Unos compas resbalaban en las piedras y todos levantaban un polvo que irritaba los ojos y la garganta.

A la mitad de la subida, después de la séptima estación, una corriente de agua grisácea y apestosa resbalaba sobre el tepetate unos metros por la orilla y luego cruzaba el camino para caer en la barranca. "¡Una cascada!", dijo mi niña. "No, m´ija. Es mierda", le dije yo. Allá arriba, en la loma, a los dueños de los conjuntos de residencias nuevas se les olvida que hasta la fuerza de gravedad está a su favor.

En la estación nueve esperaba una mesita cubierta con un mantel de papel china, encima tenía un crucifijo y una veladora, el viento ya había volteado el vaso con flores silvestres, adelfas, anturios y alcatraces. Un viejito con pelos pintados de color zanahoria estaba sentado en la puerta de su casa y me miró con cara de interrogación, como si yo tuviera respuesta a sus preguntas fundamentales.

La columna emergía del fondo de la sima pestilente y polvorosa. Al frente del Cristo con la cruz, los reporteros y fotógrafos hacían su chamba. El sol quemaba como plomo líquido. Llegaron jadeantes a la estación catorce que estaba en el terrenito pelón adjunto a la capilla, los chamacos lucían todos descompuestos. No supe si las manchas en las túnicas eran pintura escenográfica o sangre real, pero los cuerazos les habían dejado bordos rojizos en la espalda. Al pie de otras cruces, de tamaño reglamentario, el seminarista se echó su último discurso, mientras amarraban a las cruces al valiente y sus compañeros.

Al Cristito lo amarraron a la cruz, apenas iba a decir las cuantas palabras cuando se desvaneció, aflojó el cuerpecito y se dejó caer. Varios hombres y mujeres lo cargaron, lo llevaron a la sombra, le echaron aire con los rebozos y los sombreros y alguien fue a la miscelánea por un refresco. A los minutos el Cristito dio señales de resurrección. Eso ya no lo vi, me lo contaron, porque yo me fui antes a la hamaca de mi terraza, a refrescarme con un vaso de vino bajo la sombra de las bugambilias, y pensé en Jesús, en la injusticia, la pobreza y todas esas cosas.

Por la noche, el camino terregoso se pobló con la procesión del silencio. Las veladoras dentro de bolsitas de papel de estraza marcaban el camino como luciérnagas perdidas. En el noticiero de las ocho, el padrecito y el niño Cristo aparecieron con sus mejores ángulos.

El vago

La tarde tiene el color del acero. Voy en mi coche nuevo cuyo motor ronronea plácidamente como un enorme gato escondido bajo el cofre. Un vagabundo que carga una cubeta de peltre. Los pantalones rotos, cargado de ropas esperpénticas con una cantidad de mugre increíble, en vez de zapatos lleva pedazos de tela. El cabello está chilapastroso, tieso de sucio.

No le preocupa el tráfico, camina en el carril de los coches y sonríe. A mí se me atora algo en la garganta, porque me doy cuenta de que sólo él es feliz, que a nosotros nos tiraniza la razón y eso nos vuelve desgraciados; y peor, me estremezco porque sé que al mínimo movimiento en falso del tren de la vida, yo podría caer sin remedio en ese abismo de felicidad total, como la que el vagabundo goza.

Los caminos invisibles

Una cucaracha mínima traza un camino invisible en la pared mugrienta. Otra, en el otro extremo, hace lo propio. Ahí está un moco seco, entre gris y verde. La bola de nafta no es suficiente para disminuir o modificar el olor, rancio y alquímico, de la orina que sale del mingitorio.

A dos paredes más allá, las odaliscas se preparan, cubren las pestañas con postizos sobrenaturales, se pintan los labios de colores brillantes, cuelgan en su cuello y en los dedos joyas falsas, calzan zapatillas de difícil equilibrio y, al final, mudan sus ropas: arrojan lejos el pudor y se ponen tangas breves, una falda de cinco centímetros, un brasier fosforescente y una chaqueta de cuero. Afuera, el tubo las espera.

Desde el baño se oye el tenue barullo de los clientes, cansados de ver varios metros cuadrados de epidermis de todos colores y con rastros no disimulados de las cesáreas, los golpes o el tiempo. Mientras orino me digo que esto es surreal, que, a las cucarachas, llenas de cucarachicidad, les importa poco lo que hacen los humanos con su naturaleza y siguen atareadas en esos caminos invisibles, con mayor provecho que el que obtengo aquí.

Las inquietudes de mi hija

Platicábamos mi hija y yo sobre unos caballos que vimos amarrados el otro día, camino a su escuelita.

—¿Dónde están? —Preguntó.

—Han de andar en otro lado, a lo mejor trabajando, porque son caballos de policía, le dije yo.

—¿Qué? ¿Por qué?

—Porque les ayudan a los policías a trabajar, a vigilar las calles y las casas.

—¿Por qué?

—Porque hay gente mala que a veces roba las casas y las vacían.

—Oye, ¿quién me va a cuidar cuando ustedes se mueran y me quieran robar?

—No digas eso. De todas maneras, si llegara a pasar, a ti te van a cuidar tus familiares y en último lugar la policía, que para eso está.

—A mí no me van a robar. Porque yo no tengo cosas.

—¡Ja ja! ¡Sí es cierto!

Otras preguntas recientes:

—¿Verdad que cuando mi mamá se muera, tú te vas a casar con otra muchacha?

—¿Qué come Diosito?

—¿Diosito es hombre o mujer?

—¿Cuándo nos morimos?

—¿Que es alma?

El otro día dijo que ella no quería ponerse vieja, que siempre quiere seguir siendo niña o muchacha. También sobre el mismo tema, se puso muy triste y nos dijo que no quería que nos muriéramos, ni que nos volviéramos viejos. Yo hubiera querido decirle que también deseaba lo mismo. Le pedí que no se preocupara, que así son las cosas y no hay nada que hacer, pero que ella era una niña, que iba a crecer y se volvería mujer y que luego, con el tiempo, comprendería que los años pasan y sólo queda volverse viejo.

Tiempo

El tiempo avanza y la vida se escurre entre un «cómo amaneciste» y un «vámonos a dormir». No nos damos cuenta, pero el tiempo no vuelve y la noche de anteayer no es la misma que la de hoy.

Mi hija era hace poco una bebé, hoy es una escolar y mañana nos dirá que ya trabaja, que se casa o que pronto será abuela. Entonces tú y yo seremos polvo y a los que queden vivos no les importará. En el cielo desaparece una estrella por fisión nuclear o un planeta por decisión humana, en la tierra alguien se muere, pero esos vuelven a vivir en los sueños, otros nacen y después se reproducen, las religiones se acaban, los gringos invaden y masacran un nuevo país. Cosas como estas hacen que queden pocas esperanzas de una redención.

Les Souffleurs

Llegaron *Les Souffleurs*, los sopladores, los susurradores o, mejor dicho, los insufladores. Con un tubo y un paraguas negro el grupo de franceses detienen a los transeúntes en el metro o en la calle y les susurran poemas.

México es terreno fértil, por lo *naïve*, que nos coloca tan cerca de la pasión y lo irracional. Los artistas humanizan la ciudad imposible, la hacen más soportable. La gente, como hormigas que siguen caminos invisibles, se suben al ciempiés naranja y van ensimismados, pensando en la nada o en cómo sobrevivir el día de hoy y el siguiente.

La poesía, entonces, dicha íntimamente al oído, es una enorme revelación, un golpe anímico, un despertar brusco, mayor al viaje del crack o al golpe de la Juanita. Los susurradores agreden el pesimismo, invaden en la abulia generalizada. El performance se antoja imposible en esa enorme pudrición llamada Ciudad de México. Pero no todo se ha perdido cuando algunos se detienen, miran con sorpresa el comedimiento de *les souffleurs*, se dejan acariciar con las palabras, algunos lloran, otros se tiemblan: es un dolor enorme descubrir todo lo que se pierde por el fragor de la cotidianidad.

Otros más, que pensaban que eran lobos solitarios, también declaman, derraman su locura personal. Otros ríen o sonríen, algo los ha tocado y les cambia el gesto adusto por un momento, por un día o quién sabe, por el resto de la vida. Una señora los sigue por varios pasillos, por los andenes, por las estaciones. Lo demás ha quedado a segundo plano y por un tiempo se deja arrebatar, robar.

Otra mujer, puesta en el centro del círculo susurrante, rodeados sus oídos con los tubos negros, cierra los ojos, sonríe cuando un cosquilleo que le recorre la piel, abre los brazos como para volar, le ruedan algunas lágrimas y, cerca del paroxismo, se lleva las manos al pecho para ver si la máquina sigue trabajando.

Luego que *les souffleurs* terminan, alguien le pregunta a la mujer qué sintió. No responde, con señas da a entender que es sordomuda, pero que de todas maneras algo escuchó, que los susurros derramados llegaron al alma, que cree que está cerca del corazón. Los susurradores desbordan todas las fronteras, son suprahumanos, son como los niños a los que todo se permite, son como iluminados porque se dedican a lo que el resto de la humanidad no puede.

Pero también aquí anda el Diablo, el mal o a lo mejor, nada más, la melancolía. Por eso, un hombre que avanza con prisa casi los atropella, le dicen que están recitando poemas al oído y vocifera sin detenerse: ¡Esas son pendejadas!

Nos tienen en sus manos

Las mujeres nos dominan por la sencilla razón de que les mostramos nuestro lado irracional en la fiesta del gineceo. Por eso, el poder que tienen sobre nosotros: agarrados de los huevos. Cuando no hemos caído en esa situación, pero continuamente estamos en contacto con ellas, de todas maneras, nos tienen de los huevos, porque saben que, si nos sonríen, nos tornean los ojos o abren las piernas, la razón se derrite, caemos en la red arácnida y nos someten. Por eso se responde con el machismo. Pero no deja de ser una ilusión, aun cuando a veces haya alguna reacción brusca, un empujoncito, un ojo morado o una cuchillada en canal. Es una ilusión porque, por desgracia, somos ratones que no podemos abandonar la trampa.

Idos

Hablaban del pasado remoto y no tuve pretexto para salir de ahí. Abrieron fuego conmigo y llegó la pregunta: desde cuándo nos conocemos. Yo hubiera querido tener olvidados esos tiempos, pero tuve que contestar: 16 años. Yo era igual que hoy, dicho eso como un punto muerto, en el que no ha habido evolución. Porque no se le puede llamar progreso a las canas, las fuerzas idas, las arrugas habitando todo el cuerpo. Los demás estaban en los mismos términos, los años lejanos, las vicisitudes, el trabajo visto como calvario y redención. Alguien con sabiduría preguntó: ¿y hasta cuando puede considerarse suficiente aguantar? O ¿hasta cuándo hay que sobrevivir? Recordaron las *love stories* de algunos que hoy son respetados abuelos. Mala costumbre de construir sobre ruinas y alabarlas. Ya lo dijo el poeta, no somos nada.

Los líderes

Yo dije que no sabía si convertirme en un líder antiglobalización, un poeta o predicar en el África negra. En realidad, todo el sistema está podrido. La predicación en el Congo la dejamos para después.

En estos días salió la noticia de que una maestra fue apaleada hasta morir en Sudán, porque se le ocurrió quitarle y romperle un acordeón -recordatorio para los exámenes- a una de sus alumnas. Para su mala suerte, el acordeón era una hoja del Corán, que de esta manera fue mancillado y al grito de ¡*Allahu* akbar! Sus pupilos se le fueron encima y le dieron garrote. Esto indica que hay regiones y religiones con las cuales no es aconsejable meterse. Mejor prediquemos en un ejido como éste, en el que puedes fundar tu propia Nueva Jerusalén, implantar un modelo arcaico de poligamia, tener un ejército propio y un equipo de garroteros, formar una casta divina y, lo mejor, nadie dice nada.

Eso del ejército propio es una cosa eufemística, dada la situación con los vecinos güeros. Por ejemplo, el joven Cho tomó la cosa artesanalmente en Blacksburg, en la Universidad Politécnica de Virginia. Dicen los reportes que mató a sangre fría a 32 personas, con una puntería excepcional. Cuando estuve en Blacksburg, que es un *college town* del sur de Virginia, me pareció que era una ciudad en un valle hermoso, con sus jardines perfectamente recortados, chicos rubios estudiaban y jugaban en su campus y se podía imaginar tan apacible como un pueblito mexicano de medio pelo; sin narcos, por supuesto.

Se equivocan los que dicen que Cho era surcoreano. Nominalmente lo era, pero educacionalmente era 100% sajón, ahogado en la violencia virtual de los videojuegos, con todo el bagaje de la violencia cinematográfica hollywoodense, con la violencia real que en el mundo entero -principalmente contra los musulmanes- patrocina su genocida presidente y su guerra santa, fundamentalista, basada en intereses impronunciables- ganancias multimillonarias para las industrias de armamento y los contratistas beneficiados por el desastre.

¿Un ejemplo? Halliburton. Cierto, 32 personas aniquiladas por un mismo joven es una atrocidad y debemos horrorizarnos. Pero bien haría el *stablishment wasp* si también se horrorizara de las docenas y a veces centenas de muertos -jóvenes, adultos, ancianos, niños y bebés- que a diario ocasiona en sus cotos invadidos: Bagdad, Afganistán, entre otros nombres sangrientos.

El viaje

Era miércoles por el mediodía. ¿La una y media? Había llegado José Luis de visita a saludarme y a decirme que no podía pagar todavía. Le dije que no se preocupara. Lo acompañé a la salida. Está gordo. Regresé rápidamente y arreglé los últimos detalles. Me despedí de los compas. Salí corriendo. Afuera estaba mi esposa, su mamá, mi hija y el bebé. Le di un beso a cada quien. Por única vez dejé que mi esposa manejara y nos fuimos a la terminal.

Tenía un boleto para salir a las dos de la tarde. Llegamos con diez minutos de anticipación. Bajamos la maleta, les di muchos besos de despedida. A ella se le olvidó un documento que necesitaba llevarme y le dije que no se preocupara, que ni modo. No, dijo, te alcanzo en México. Se fueron. Eso me pareció una locura, pero bueno, yo nada podía hacer para promoverlo o impedirlo.

Después me enteraría de que cerca de la casa, un comando armado había ultimado a unos guardias que custodiaban una residencia, que daba la impresión de parecer casa de narcos o de seguridad de la policía federal. El chiste es que los muertos los pusieron los últimos. Eso hizo que a ella se le dificultara mucho más el alcanzarme en México.

En la terminal tomé las cosas con calma, me senté en la sala de espera unos minutos para retomar el resuello y dejar de sudar. Era enero, pero cuando anda uno a las carreras se suda inevitablemente. Puse la mente en blanco, pasé revista de los billetes, los boletos, la maleta, etc., verifiqué que todo estuviera en orden. Al poco rato anunciaron la salida y subí al bus. Pasaron una película que no recuerdo y entre eso, la modorra de la hora y el suave trajín de la carretera intenté dormir un poco; conseguí un dolor en el cuello. A los tres mil metros, en la cima, la humedad es abundante y además de la neblina había una ligera llovizna. La megaciudad mostraba el caos vehicular acostumbrado. No me preocupé, había tiempo de sobra.

Llegamos al aeropuerto. Tomé mi maleta y caminé por los pasillos dizque renovados de la terminal 2, mil millones de pesos tirados a la basura. Me formé y esperé dos horas para documentar, tanto que mi esposa llegó y me encontró todavía en la fila, unos metros adelante. La cola serpenteaba, llegaba a la entrada de la sala y se alejaba aún más, sin podérsele ver el fin. Mi maleta pesó 12 kilos, tomé el pase de abordar, la abracé y nos fuimos a un restaurante. Comimos tacos. La tarde se negaba a irse.

A las seis y media y la acompañé a tomar el bus de regreso. Más besos de despedida. Pasé después por los controles de aduana, el «quítese la chaqueta, vacíe los bolsillos, quítese los zapatos», en fin. La paranoia post 9-11. Caminé por las tiendas *duty free* e hice una mala compra, un reloj de pulso enorme, como de pared, chino, como todas las cosas a la venta en este país. Después vería en Ámsterdam relojes mucho mejores a casi el mismo precio. Ni modo. Eso pasa por acelerarse.

Ritmos

El mundo se mueve a ritmos distintos. El Imperio está feliz porque China lo desbancó como el país más contaminante del mundo. En México nos hacemos bolas con los impuestos, el gobierno da palos de ciego y el presidente se regodea en actos populistas e inútiles.

En Bolivia, el presidente indígena ha olvidado sus menesteres y se dedica promover la capital del país para partidos de fut. En la bella Isla, el comandante Fidel tiene mejor salud que muchos otros y todavía entierra a algunos. Del otro lado del charco, las cosas están peor. Sarkozy dice que hace mucho no toma una gota de alcohol y eso que se le observó tambaleante hace días. A lo mejor era otro tipo de elíxir.

En el medio Oriente las cosas, como siempre, están que arden. Mientras en la franja de Gaza todos quieren huir, los israelíes abren fuego todos los días. Los palestinos declaran que ahora que acabó el problema entre Fatah y Hamas es hora de reconstruir lo que se destruyó. Los turcos miran impasibles cómo los extranjeros se apoderan gradualmente del país: los bancos, las costas, etc. En la Corte entra una investigación por permitirse a la hija del ministro Gul usar velo el día de su graduación. En Irak, el país invadido, la cuota diaria es de cientos de muertos, incluyendo a veces una docena de yankis.

En la República más fundamentalista la controversia del día es si el expresidente Khatami estrechó o no la mano de una dama en un viaje a Italia y amenazan con enjuiciarlo; hace días lincharon mediáticamente al presidente Ahmadinejad por atreverse a saludar a su maestra, una viejecita.

También está en duda si apedrean a muerte a dos adúlteros en la provincia de Takestán. El procedimiento es así: se llevan a los interpelados al cementerio, al hombre se le entierra en una fosa hasta la cintura, las manos se le atan a la espalda. A la mujer se le entierra hasta el cuello, con las manos atadas y cubiertas por tierra. Los espectadores y oficiales entonces pueden arrojar las piedras. Teóricamente, al hombre se le indulta si es capaz de liberarse por sí mismo.

De ahí para allá, todo es posible: revuelo en todo el Islam por el título de Sir a Salman Rushdie, el de Los versos satánicos, unos se desgarran las vestiduras, otros queman su retrato, uno por allá dice que sin pena lo despacharía al otro mundo; los *britons*, mientras tanto, dicen que no contestarán esas muestras de repudio.

De nuevo por China, sale la noticia de que dedican el trabajo de miles de personas a rastrear los mensajes electrónicos y las visitas de los usuarios a páginas comprometedoras o sensibles en la Red. Vaya mundo loco.

El hombre

¿Será que con la edad uno se vuelve más sentimental? No lo sé. Acabo de leer unas notas que me emocionaron profundamente. Una de ellas mencionaba que la cultura se pasa por imitación en los chimpancés, ya que pueden aprender una técnica para abrir cajas que les enseñan sus congéneres. ¿Fue así el inicio de la humanidad? ¿Cómo se logró establecer esto que llamamos civilización?

Debe haber ayudado mucho la división del trabajo y hasta la monogamia. Por otro lado, me enteré de que el humano ha seguido evolucionando, que algo de material genético entró hace muy poco, de un linaje humano ya extinto. Esa raza homínida nos acompañó en la tierra y hoy somos resultado de esas cruzas.

Una chispita semejante saltó con el reporte de que una raza enana de humanos existió en una isla de Java hace tan sólo 10 mil años y que era diferente a nosotros. ¿Qué nos quieren decir? Pero lo que tocó mi corazón fue un reporte sobre que hace 9 mil años en los alrededores de mi terruño, hubo tribus que dejaron rastros de la domesticación del maíz. Esas montañas, ese valle fecundo, podría ser la cuna del cultivo más importante de América, de nuestra cultura. ¿Está relacionado con los restos de la Coronilla, que tuve y perdí y que mostraban mujeres y hombres masivos, esculturas de naturalidad brutal, obsesionados con las formas femeninas, o con la cultura del Mezcala, de rasgos finísimos, que tallaron piedras casi aerodinámicas? ¿A dónde se fue esa buena estrella de nuestra raza? ¿A dónde esa ingenuidad innovadora? ¿Dónde quedaron las ganas de producir, de trabajar, de aportar? Ese valle hermoso hoy está semiabandonado, los hombres se han ido al Norte, sus hijos hablan inglés y se horrorizan con la posibilidad de tener que regresar al país, de tener siquiera que visitar a sus parientes viejos aquí.

Ahí cerca, donde desemboca el embalse, a los pies del cerro Jumil, hace tiempo la gente tenía una esperanza, sudaban para cultivar el frijol, la calabaza y el maíz; esa divina trinidad. Tallaban las mazorcas en sus metates, y más allá, en las cuevas de Guilá Niquitz y Coxcatlán otros paisanos adoraban a sus dioses con chiles, aguacates y la triada divina y dice el reporte "… la gente antigua que visitó Guilá llevó sus jarras con agua, las pusieron en el piso de la cueva. Llevaron también algo de alimentos con ellos y colectaron adicionalmente otros en el campo cercano de la cueva, hicieron fogatas, prepararon camas de hojas y ahí dormían, excavaron hoyos para almacenar, cavaron hornos en la tierra, y aún hicieron una ceremonia en la que quemaron incienso y tomaron pulque (el octli bendito) en vasos con forma de garra de murciélago…"

¿Qué son los arqueólogos? ¿Cómo deducen el pasado? ¿Son novelistas que arman las piezas de una figura reveladora? Pero no todo es romántico. Otro reporte, escalofriante, nos dice que el humano consume el 35% de la riqueza natural mundial, que es muy alto para una sola especie -¡qué novedad!- y que después de saber la cifra queda por conocer si es demasiado, qué será cuando depredemos el 40 o el 50%, o si ya hace mucho se ha traspasado la línea de la sobrevivencia planetaria. ¿Quién lo sabe? A los países poderosos eso les viene guango, no les interesa reducir el ritmo de explotación, la quema de carbono, el consumo loco. ¿Será cierto lo que dice un investigador, de que el mar subirá metros y no centímetros y que un décimo de la población y sus ciudades se verán afectados? No lo sé. Pero el panorama ciertamente es negro. ¿Se imaginaron esto las tribus andariegas de Neanderthales y Cro-Magnones, o mis paisanos de Ixtacyola y Tuxpan?

La deconstrucción

He pensado en que se necesita una nueva filosofía. Una que deconstruya lo que es la civilización, que parta de los fragmentos, que los reduzca a sus orígenes y que se proponga una reconstrucción con estos pedazos. Estas ideas rondan en la cabeza.

Por ejemplo, ¿qué es la ciudad? ¿Qué significa esta extensión, aglomeración de edificios, abundancia de asfalto? ¿Cómo se afectan las relaciones humanas con el ambiente, con el resto de la gente, en este tipo de manchas urbanas? ¿Por qué se imita lo natural dentro de estas extensiones artificiales, se ponen pedazos de pradera o selva, cotos, zoológicos que en realidad son cárceles de animales para el disfrute de la especie citadina? Y el flujo de todo tipo de insumos o fluidos eléctricos, que se generan a miles de kilómetros de distancia y que con sus venas cruzan los campos, las selvas y las montañas para llegar a alimentar esa criatura informe, inmensa, que la ilumina, la hace moverse. Los combustibles y los alimentos también.

¿Llegará un día en que toda la humanidad viva en las ciudades? ¿Será que el mundo entero se convertirá en ciudad? ¿Será ése el triunfo de la cultura humana? Creo que no. El hombre debe constreñirse, limitarse. ¿Está bien vivir entre tuberías de aguas inmundas, entre nubes de gases mortíferos, entre desechos y basura? Quizá dentro de las casas podemos tener refugios limpios, que huelan a perfume, mesas con frutas y alimentos frescos, agua tibia en la regadera y el baño, televisores de pantallas cada vez más nítidas, apartamentos con aire purificado, en los que a través de los cristales se pueda admirar las montañas lejanas, también los vuelos de los aviones y sus estelas destructoras del ozono.

¿Qué es la agricultura? ¿Cómo ha cambiado la fisonomía de la tierra por esta práctica, cuánto se ha contaminado, cómo se han modificado las especies vegetales por los cultivos? El maíz fue creación del hombre, es cierto, entre otros granos y frutos son el sustento de la humanidad. Pero, ¿cuál es el límite? ¿Toda la tierra disponible será un inmenso huerto, se peleará la superficie con la ciudad, se agotarán los recursos hídricos, se seguirá contaminando con fertilizantes y pesticidas?

¿Qué es la industria? ¿Por qué derivar cantidades inmensas de energía y recursos para producir autos nuevos cada día, mientras otros millones de autos van a parar a grandes basureros? ¿Es necesario llenar los estantes de los comercios con los productos derivados de la industria, a cambio de la explotación depredadora del planeta?

¿Qué es la globalidad? ¿A quién le interesa quién está del otro lado del mundo? ¿Será que es una mera incapacidad para no poder mejorar nuestro entorno inmediato, tratar de ir a componer las cosas con los antípodas? ¿Por qué una crisis de las hipotecas *subprime* en Estados Unidos afecta a los trabajadores de Shanghai? ¿O a los campesinos de la Pampa? ¿Cómo un platanero hondureño o ecuatoriano puede quitarle el empleo a otro platanero de Guinea si sus productos ya no pueden venderse en París o en Roma? ¿A quién le sirve esta maraña de relaciones económicas y sociales?

La humanidad ha entrado en una nueva escala, es cierto, donde las cosas malas se magnifican, la influencia de los nuevos imperios rebasa las fronteras conocidas y, aun así, el hombre común y corriente se encuentra cada vez más aislado.

¿Nueva sociedad?

El avance del hombre sufrió un fuerte trastoque el día en que descubrió que las armas, que había inventado para contender con animales peligrosos o para cazar a aquellos que podían servirle de alimento, también podían usarse contra sus congéneres. Ese día la humanidad perdió la opción de convertirse en la parte pensante y amable de la naturaleza y se convirtió en el depredador por excelencia. Sobre este pecado se transformó el avance del hombre. Podría decirse que ése es precisamente el fundamento de la humanidad. La especialización del trabajo entre el hombre y la mujer, las herramientas, el pulgar opuesto, los cultivos, el matrimonio, todos estos factores sin duda también participaron en mayor o menor medida para el establecimiento de las sociedades; pero el uso de las armas y la facilidad para apropiarse de las pertenencias del otro mediante la amenaza o el asesinato, representó el paso definitivo para la apropiación de la riqueza, de tierras y aún de personas.

La visión del otro como un igual y un socio, se transformó en mercancía explotable y aniquilable. Con el crecimiento del género humano, y su dispersión y asentamiento por todo el globo, en el surgimiento del gobierno y los Estados, el uso de las armas ganó un rango fundacional y fue, y es, factor inseparable del poder. El sajón representa a cabalidad el concepto del uso aniquilador de las armas, de la explotación del hombre y de la naturaleza.

Globalifilícos y globalifóbicos

La globalización es esa entelequia del estado máximo del neoliberalismo, es la actualización del concepto aristotélico de que hay hombres útiles o libres y hombres desechables, improductivos o esclavos.

Como postulado principal hay que decir que no existe la generación de riqueza sin explotación, ya sea del entorno o del hombre -esta tesis marxista hace mucho tiempo ha dejado de enseñarse en las aulas de las facultades y ciertamente nunca se ha llevado a la práctica un socialismo real.

De esta manera, los hombres y países ricos descansan sobre el esfuerzo y el sudor de otros hombres y países y sobre la depredación, explotación y aniquilación de la naturaleza. Aunque a escala planetaria la especie humana podría no pasar de ser una molestia o un escozor, por la manera de crecer y explotar los recursos se convirtió en una plaga con graves consecuencias.

El uso de los combustibles fósiles, el desarrollo industrial surgido en el siglo XVIII, y llevado a su extremo en la actualidad, los desechos de todo tipo y la contaminación derivada de sus actividades, tendrán en poco tiempo resultados funestos para el hombre mismo y para el resto de la naturaleza. El cambio climático derivado de las actividades del hombre se ha revelado como un freno para la forma de desarrollo que se ha aplicado hasta la fecha.

La globalización lleva el punto de vista sajón -el hombre y la naturaleza son explotables sin medida y sin otra razón más que la acumulación de la riqueza- al extremo. Hay que decir que se puede ser sajón sin pertenecer precisamente a ese grupo humano o raza; así, los chinos, que crecen a tasas económicas impresionantes, con la consecuente explotación y contaminación, ciertamente pueden considerarse sajones.

El sajón se originó en el norte de Europa y a través de los siglos y milenios se puede definir como el epítome del desarrollismo humano: la naturaleza es doblegable, definible, manejable, se pueden establecer fórmulas que la pronostiquen, que la engloben, luego entonces todo se puede manipular, transformar y explotar.

Con el hombre, con el otro, desde luego puede hacerse lo mismo, construir ciencias que lo definan, que lo hagan predecible, que lo estudien desde la anatomía hasta el alma -de ahí el cúmulo de estudiosos de esas áreas entre los sajones-, para qué sirve tal o cual hueso o articulación, cuál es el límite de sus fuerzas, cómo poder predecir quien va a ser un loco o un genio.

Uno de los intereses soterrados de los sajones es cómo hacer para que la humanidad se limpie, se purifique, que el hombre pueda manipularse desde el nacimiento, cruzas entre arios, para después criarlos bajo un régimen perfecto y feliz, cristiano, porque es la religión verdadera y con la libre empresa y el capital, los dos factores que salvarán a la raza humana.

Al sajón le interesa cómo psicoanalizar a su congénere, cómo lograr la mayor explotación posible, si alguien se quiebra en el camino pues ese era su destino, pero mientras, se habrá obtenido conocimiento y teorías; con estas dos armas se puede dominar al hombre y a la naturaleza.

Para el sajón no hay inexplicables, no hay sutilezas, no hay misterios naturales, todo es predecible, estudiable y explotable. Podría decirse que representa el espíritu humano más acabado. Ciertamente, es el espíritu de la humanidad primigenia, la que descubrió el poder letal de las armas contra el prójimo, el que descubrió que podía hacerse fuego y cocinar, el que talló herramientas y las uso para descalabrar al vecino.

El Caín bíblico es fiel reflejo del sajón y del ímpetu por el dominio total del globo. Los transgénicos, los embriones mezcla humano y animal -autorizados ya en un país sajón-, la fisión y la fusión nuclear, originadas y desarrolladas por sajones, la nanotecnología, las armas de destrucción masiva, los vuelos espaciales, la computadora y la Internet por un lado y por el otro el genocidio, el esclavismo, el liberalismo social, la división de clases, la clasificación en ricos, pobres y miserables -con ese encanto sajón por la precisión- Una variedad inmensa de dispositivos y factores que transforman la naturaleza y el hombre con el afán final de poder y riqueza.

Imperialismo

Hoy el mundo vive bajo la pesada bota militar y económica del imperio sajón, bajo el ejemplo rector de la globalización que mueve recursos, dinero y personas entre polos asimétricos de miseria y riqueza. Esta tendencia, junto con la del capitalismo salvaje nacieron con el estigma de la discriminación entre humanos y como tal, está destinada a profundizar las diferencias en países y personas.

El mascarón de proa y timonel del navío es por supuesto el yanqui y su imperio belicoso a nivel mundial, que hoy produce una guerra aquí y mañana otra por allá; atiende siempre a sus sagrados intereses: petróleo, materias primas, tierras, armas y, en un futuro cercano, agua. Lo sigue una tripulación más o menos convencida de europeos, que, aunque sajones por naturaleza, muestran un ligero resquemor ante el modelo de explotación que, en los venturosos Siglos XVI a XIX, ayudaron a establecer exitosamente. Abajo, en las galeras de las naves, miles de millones son obligados a remar exhaustivamente, desnutridos, apaleados por los capataces, mientras en las pantallas virtuales les muestran una visión del bienestar futuro, la moderna zanahoria.

Millones de este subgénero -¡ay! Cómo han hecho falta estudios contundentes que muestren que sus genomas son deformes por naturaleza, que tienen inclinaciones masoquistas y desviadas, propensiones a males congénitos o que el color, ese maldito color negro, café y amarillo, es muestra irrefutable de animalidad o de carencia de alma- caen muertos por guerras patrocinadas desde el imperio o nativas, con armas producidas por los sajones, otros por no poder acceder a los mínimos recursos de la salud; conocimientos generados a través de siglos de creatividad del hombre y las prácticas básicas de la asepsia.

Así, el globo puede dividirse entre aquellos para los que rige un modelo irracional e inhumano y los restantes, que lo sufren y se acaban por enfermedades tratables, hambre y guerras sin fin. Irónicamente, en los países con población pobre se encuentran los recursos naturales más vastos y cuantiosos del planeta. Pero el problema es que ellos no los saben explotar, necesitan enviarlos a los países del Norte para que aquellos, con su sabiduría y creatividad inigualables puedan transformarlos en productos útiles, como autos y platillos exquisitos.

Los pobres producen granos, los ricos pan; los pobres petróleo, los ricos gasolina; los pobres papas, los ricos puré; los pobres leche, los ricos leche en polvo. La lista es interminable, pero se trata de la misma materia transformada y como tal, productos que reflejan la asimetría del desarrollo del hombre y de la injusta distribución de la riqueza proveniente de los productos del trabajo.

A la filosofía de acumulación de riqueza -globalización, desarrollo, capitalismo, explotación- se contrapone la reorientación hacia un desarrollo social más humano: alivio del hambre, la enfermedad y la carencia, el equilibrio y la distribución de los beneficios de la colectividad entre grupos humanos, la solidaridad y la fraternidad. Hay que plantear la utopía. Acabemos con las armas, definámoslas como inhumanas, como parte alienada del hombre, digamos no a las armas de destrucción masiva y a las caseras de destrucción personal, todos los soldados del mundo sobran, convirtámoslos en trabajadores al servicio de los que menos tienen, en sus socios, en sus iguales. Paguemos lo justo por las materias primas del tercer y cuarto mundo, paguemos lo debido al trabajador documentado o no, incrementemos la solidaridad, aunque se reduzca la cuenta bancaria, demos otro sentido a la riqueza, que el cruce entre fronteras no sea paso a un inframundo habitado por subhumanos pobres y hambrientos, sino por iguales y partícipes equitativos del estado de desarrollo de la ciencia y la técnica.

El día que se logre un estado así, la humanidad habrá hallado el camino perdido, después de la muerte y sufrimiento de millones, después de la devastación del planeta.

El autist@

Una teoría que ya ha de haberse formulado por ahí es la del autist@ o autista electrónico.

Una multitud de dispositivos ahora distraen la atención de los usuarios: se embelesan, van y vienen por la ciudad, desconectados de la realidad y enchufados a su música o a su teléfono o a su Internet móvil. Esto empezó cuando los reproductores de cintas portátiles innovaron con los audífonos. Las mamás regañonas les decían a sus hijos que se quedarían sordos con el volumen tan alto en los oídos. Esto evolucionó y se convirtió en pesadilla con la nueva generación, los dispositivos se multiplicaron y se redujeron a pequeños clips con capacidad para tres mil canciones. Los cables siguen presentes, pero se pueden ocultar discretamente en la ropa, para que salgan por la nuca. Los audífonos son pequeños, del tamaño de un chícharo. Los teléfonos móviles son los primos cercanos, verdaderos cencerros electrónicos.

En mi pueblo, para detectar en qué parte de las lomas andaban las vacas, se les colgaba un collar con una campana llamado cencerro, y de esta manera podían oírse a kilómetros. El innovador cencerro electrónico no da descanso, pita, suena, toca, vibra, reclama atención inmediata, en cualquier lugar a cualquier hora. La gente vive prisionera del aparatito.

El autist@ se abstrae, no interactúa, no saluda, no habla, entrecierra los ojos, hace como que duerme: en los vagones del metro es una imagen común. Otros autist@s caminan y hablan, pero no con su acompañante o con quien los conoce en las calles sino con alguien remoto, a través del espacio hertziano y cibernético, manejan el coche o suben y bajan del transporte sin soltar su aparato y sin desconectarse.

Los usuarios de Internet móvil tienen pequeños aparatos con pantalla diminuta, pueden ver películas, oír música, chatear, escribir, o trabajar con ellos y sólo falta que le pongan un aditamento para poder orinar sin necesidad de ir al baño. Propongo unas cuantas innovaciones que harán las delicias de cualquier autist@ o *geek* tecnológico:

Dedmusic. Audífonos integrados a la oreja, completamente inalámbricos, con batería recargable de litio-níquel que transforma el movimiento de la cabeza en energía eléctrica; el reproductor, con memoria de computadora de mil gigas, va injertado cerca de la panza, con orificio para poder intercambiar el chip, un solo toque cerca del ombligo ayuda para atrasar o adelantar la canción, si se desliza el dedo se puede brincar a otros álbumes.

Lenvisión. Unos lentes especiales para transmitir películas en calidad de super alta definición. El reproductor se puede cargar en una gorra o bien integrarse subcutáneamente en un lugar que no estorbe, como por ejemplo la cadera o el brazo.

Brut-phone. ¡Lo último en innovación para el celular! Un audífono injertado dentro del oído. Una pequeña antena, nada incómoda, sobresale atrás de la oreja. Las teclas y el chip injertados en la palma de la mano y los dedos hacen la tarea de marcación de números una tarea divertida y estimulante.

NefastaNet. Una pantalla de silicio, enrollable y portátil, que cabe en la cartera, de 8 pulgadas, de LCD con millones de colores; el teclado se proyecta sobre la mesa con un dispositivo que se pega en la frente como un pequeño tercer ojo, el audífono va dentro del oído y un pequeño tubo injertado en el cachete, de medio centímetro de largo, la hace de micrófono. Navega, chatea, habla y trabaja donde quiera que vaya.

Supongo que con estos adelantos se podrá vivir libre como dice el slogan publicitario: sin cables estorbosos, teclados enormes, chunches colgantes del cinturón y baterías que se agotan y eso sí, estar siempre online.

Mi hija

Mi hija de seis años me ha preguntado varias veces, preocupada, sobre la posibilidad de morir, sobre la edad y el tiempo:

—Oye papá, cuando yo sea muchacha, ¿ustedes van a ser viejitos? ¿O qué?

—No precisamente hija, tú vas a ser muchacha y nosotros vamos a estar más grandes que ahora.

—Y cuando yo sea muchacha, ¿mi hermano qué va a ser?

—Va a ser muchacho.

—Y cuando yo sea viejita, él ¿qué va a ser?

—Va a estar casi igual que tú, no va a haber más diferencias.

— ¡Ahh! Y cuando yo vaya a la tumba, ¿qué va a hacer él?

—Bueno, todos vamos para allá, pero no pienses en eso, no te preocupes, falta mucho tiempo.

—¡Ahh!, y cuando yo entregue mi espíritu, ¿qué va a pasar con él?

—No sé.

—Oye papá, yo no quiero que te mueras. Yo no quiero tener otro papá.

—No pienses en eso.

¿Qué queda de voluntad?

He estado preocupado, como muchos, por saber y entender lo que aporta la voluntad del hombre y lo que aportan los genes. He visto cómo, poco a poco, nos quedamos sin originalidad. De esta manera, nos descubrimos como meros instrumentos de los genes y éstos, a su vez, de la naturaleza química de las interacciones, las interacciones atómicas y moleculares. Para documentarlo, unas cuantas cosas recientes:

Los bebés de menos de un año, aún antes siquiera de poder balbucear o entender una palabra, saben identificar a personas malas y buenas. Es decir, esto está impreso en los genes o se aprende apenas saliendo del útero.

Las mujeres, sin que se sepa cómo o por qué, resultan más atractivas a los hombres en sus días fértiles. También ganan más dinero en los table dance aquellas que no están tomando pastillas anticonceptivas.

Existen unas neuronas que en algunas personas responden con un flashazo eléctrico ante la imagen de Jennifer Aniston, específicamente. Esto es una verdadera locura.

Los monos pueden transmitir la cultura, al enseñar a sus congéneres tareas sencillas aprendidas de instructores humanos. También, avariciosos como el Homo sapiens, preferirían que su vecino y él mismo salgan perjudicados cuando un trato le parece demasiado malo para él y muy bueno para su oponente. Para acabarla, los changos pueden aprender hasta el número 5, y lo más sorprendente, aprenden el significado simbólico de los números y pueden hacer sumas sencillas. Una prueba de que son tan tontos como el humano es que arriesgan el pellejo al robarse las papayas de las huertas y llevárselas como trofeo a sus damiselas con el único fin de ¡acertaron! Llevárselas a la cama.

Lo peor es que hasta los pájaros hacen la competencia. A los pinzones azules, con hábitos de cuervo para guardar cosas, les mostraron en un experimento dos compartimentos y en uno de ellos los acostumbraron a que un día sí y otro no, en las tardes había comida. Cuando de repente la periodicidad de la comida no fue la misma de siempre, los pájaros tan listos empezaron a guardarla en el compartimento vacío. Esto quiere decir que piensan en el futuro, al menos en el futuro inmediato: una mañana sin desayuno.

Los mexicanos tenemos mayor proclividad al alcoholismo, pero esto no se debe a que seamos alegres, machotes, dicharacheros y fiesteros, sino a tener una variante llamada haplotipo H6 en el gene CYP2E1 que provoca una mayor incidencia al alcoholismo, también problemas para dejar de beber y más infecciones de hepatitis C. Esto puede convertirse en una nueva excusa para cuando el señor llega en estado incróspido a su casa:

-No vieja, lo que pasó fue que vi a mi compadre Gumaro, el del haplotipo H6 y pos no me le pude negar.

Esta sí es nuestra reivindicación total. ¡Dios! Nosotros que soportábamos esta pesada losa sobre nuestras espaldas, el pecado capital de la lujuria, vaya que ha sido difícil. Pero aquí está la verdadera razón científica de por qué nos gustan las caderonas: según un reporte se debe a que a mayor acumulación de grasa en salva sea la parte, los futuros bebés desarrollarán mejor sus cerebros: o sea, nalga convertida en materia gris. Así, todo es fruto de la selección natural: caderas enormes es igual a más ácidos grasos, bebés mejor desarrollados y hombres más felices. Otra teoría decía que una mujer de caderas anchas es más probable que diera a luz con facilidad. También agregaríamos que unos senos enormes dicen algo sobre sus propiedades nutricias, claro, para los bebés. Ora sí como lo resume el dicho sobre los juegos de Disneylandia: son para los chicos, pero ¡cómo se divierten los grandes!

De aquí hay que brincar a lo global y decir que estamos como en la Edad de piedra. Es cierto, con satélites rodeando la tierra, con avances científicos y tecnológicos asombrosos -aviones, cohetes, computadoras, celulares, televisión, Internet-, con recursos naturales e industriales sin fin, otra parte de la realidad es que la mitad de la población mundial apenas sobrevive comiendo bazofia: miles mueren cada día de hambre y las enfermedades diezman poblaciones, principalmente en la África subsahariana.

Pero no vayamos lejos: México tiene al hombre más rico del mundo -con 600 mil millones de fierros-, y también la mitad de los paisanos en pobreza; el país tiene hermosos fraccionamientos, ciudades como Santa Fe que parece Nueva York, bulevarescon tiendas finísimas, dignas del *Champs Elysées* parisino, y cerca, a menos de doscientos kilómetros de la capital, el poblado más jodido del país, Metlatónoc, con nivel económico y social que nada le envidia a Haiti, Somalia o al pueblo más amolado de África. Una verdadera vergüenza.

El hombre de Flores y la Venus de Hohle Fels

Dos cosas me han impresionado en estos días calientes de madrugadas frías. Una es la noticia sobre el Homo floresiensis, de la pequeña isla indonesia de Flores.

Fue un humano que vivió hace apenas 15 mil años y que era una especie con las características que todo mundo sabe, un metro de alto, 30 kilos de peso, que al parecer evolucionó de una línea independiente que se desprendió del resto de humanos hace más de un millón de años. Hace apenas un pestañazo en esa isla vivió un grupo humano alterno, que desapareció sin rastro y que muy posiblemente era creativo, formaba familias, tenía sueños y un lenguaje.

Esa simple posibilidad me arrasó por completo y me hizo deplorar su pérdida. La existencia de ese grupo humano también trastoca la vulgar postura de la que se cree especie reina, que destruye lentamente el planeta y que cada día inventa ingeniosas formas de joder o matar al prójimo y a sí mismo. ¡Dios! ¡Cuántas posibilidades perdidas, cuánto diálogo hubiera existido, cómo habría cambiado esta humanidad frente esa especie espejo! Como una bruma se fueron, bye bye, la selección natural o quién sabe por qué razón, pero de ellos sólo quedaron unos cuantos huesos, que al tocarlos se deshacen como los castillos en la arena.

La otra es el descubrimiento de la Venus de Hohle Fels, una figurita de seis centímetros, de marfil de mamut, con proporciones masivas, sorprendente, casi pornográfica, pero al mismo tiempo con resonancias brutales de 40 mil años de antigüedad, de una imaginación sensual y de la necesidad natural, casi fisiológica, de los íconos femeninos, que llaman o ahuyentan la fertilidad, que acompañaron al poseedor de la pequeña estatua en las noches gélidas de la Europa central. Tallada con paciencia, en un material duro y durable, con un enorme par de pechos, globulares, alimenticios, sus brazos con manos regordetas descansan sobre las costillas, dos piernas como columnas acaban en puntas gráciles, finas, de bailarina de ballet; y lo que posiblemente no dejaba dormir al fabricante, al que seguro le temblaron las manos cuando talló esa hermosa vulva, gorda, reveladora, excesiva, esos *labia majora* prehistóricos, pero tan actuales, profundos, que a través de los tiempos recuerdan el origen, la multiplicación y la trampa eterna de la especie.

La semilla de Pandora

Recién ha salido un libro con este título que menciona cosas interesantes con las que comulgo. Por ejemplo, que la civilización basada en la agricultura ha causado mucho daño a la especie humana.

Desde que el hombre decidió vivir en sociedad, a construir asentamientos, ciudades y Estados, se tomó el camino equivocado para el desarrollo sustentable. El autor dice que las consecuencias saltan a la vista: obesidad por la facilidad de acceso a carbohidratos sencillos, enfermedades degenerativas y mentales por vivir siempre rodeados de gente y problemas con los que no se puede lidiar. Otros factores son el ruido, la contaminación, la acumulación de desechos y la proliferación de enfermedades.

La mayoría de los genes seleccionados en los últimos diez mil años han sido aquellos sobre la metabolización de alimentos, con lo que se muestra el efecto profundo de la adaptación a la civilización sedentaria, post agrícola. La acumulación de riqueza y la desigualdad ciertamente se originan con este estilo de vida. ¿Acaso el hombre debe regresar al estado primitivo de la caza y la recolección? ¿Es posible todavía?

La reconstrucción

Tengo que decir que mi hijo reconstruye su mundo, pregunta causas y efectos, como un recién llegado a una obra teatral o al cine que quiere saber la trama y pregunta quedito a los demás por qué pasa tal o cual cosa, de las humanas a las naturales, incluyendo las siderales y las divinas.

Yo a veces camino en el sentido contrario, desgloso, busco razones para ciertas cosas, yendo al final de las causas con el fin de ver si esto o aquello es racional, empírico o sólo es una más de las brutalidades humanas. Mi hijo pregunta por qué se hace de noche, por qué no se ven las estrellas de día, por qué gira la Tierra, por qué hay gravedad, por qué las plantas crecen y por qué lo hacen tan lentamente, por qué sólo necesitan agua, tierra y luz del sol, qué hay en el cielo, por qué es azul, dónde está Dios, por qué lo cuida el ángel de la guarda, cómo resucitó Jesús, por qué fue crucificado, qué son las nubes, por qué los niños nacen de la panza de su mamá y cómo salen. Lo que no pregunta, ya que no lo duda, es por qué lo quiero.

La edad

La madurez es como un abrigo. Por dentro te sientes igual que siempre, puede ser que, hasta algo joven, pero por fuera los demás te van catalogando como hombre, o mujer, maduro y se supone que ya no debes saltar, jugar, echarte agua en las fuentes, colgarte de los árboles o reír sin razón.

Ahora se ve mucho el síndrome de Peter Pan, el de aquellos que gustan de vivir en la tierra del Nunca Jamás, la de la eterna juventud. ¿Será que ahora se pueden expresar estas cosas con más facilidad? ¿O este síndrome siempre ha existido? Esto me remite a la edad de mi padre. Cuando yo nací, él tenía la edad que tengo ahora. ¿Cómo era para él tener un montón de hijos, que demandaban comida, ropa, y demás, y sólo estaba sostenido de las frutas y semillas que a duras penas rendía la tierra arisca, dura y seca? ¿Se sentía joven?

¿Es que es cuestión de épocas? Porque no hace mucho un hombre de cuarenta años estaba ya cerca de su final, estaba casi agotado, con el cabello blanco y las arrugas por todos lados. Eso es lo que me imaginaba de pequeño cuando la gente decía de alguien: "ya tiene cuarenta, ya está macizo". Tengo que confesar que a mi abuela eso no le importaba y se dio el caso de que fue a la cantina por uno de mis tíos, cuarentón, y le atizó sus varazos como a cualquier chiquillo. Cierto que hace tiempo llegar a los cuarenta era una proeza gigantesca. Acumular años artificialmente es humano y es fruto de los avances e innovaciones de la sociedad moderna.

A esta edad la infancia y la juventud ya han pasado, ha llegado la madurez y caes en cuenta que empieza el declive, el rodar cuesta abajo. Las facultades se merman, los músculos pierden tonicidad, los cuerpos cavernosos su firmeza, en fin, el inicio de la muerte. ¿Cómo pasó esto tan rápido? No nos dimos cuenta por disfrutar la vida diaria, la que ocasiona un desgaste natural y oprobioso. El cuerpo acumula las facturas hasta que un día llega quien cortará la luz.

El jardín

Tengo que decir que mi relación con la naturaleza está cambiando. Antes nos llevábamos mejor, pero ahora empeora cada vez más. Sí, es cierto, en un tiempo ataqué con furor la plaga de hormigas de mi jardín, primero con Folidol, las buscaba con desesperación por las noches, las seguía a sus nidos y las acababa a veces a zapatazos. Luego la mala yerba superó a mis plantas. Entonces compré herbicida y lo rocié en abundancia, sin darme cuenta de que las pequeñas gotitas también cayeron sobre mis plantas y hubo una secazón tremenda. Luego llegaron los chapulines a comerse lo que quedaba y tuve que aplicar insecticida. Todo un desbalance.

Cada año, por ahí de septiembre u octubre, con las últimas lluvias, llega un cabrón bicho gris de cuernos larguísimos a podar las ramas tiernas de la acacia, la que también tiene una cuenta pendiente conmigo, porque no ha querido florear. Entonces me pongo a cazar al bicho, no sé si llegue volando o los huevos del año pasado dan lugar a la nueva prole que poda el árbol. Siempre me gana varias ramas antes de descubrirlo y eliminarlo. Al año siguiente la historia se repite y vuelvo a matar al bicho de cuernos largos.

Este año el clima cambió y la poda de la acacia fue en noviembre, por lo que me agarró desprevenido. Como las ramas de la acacia ya llegaban hasta la terraza, pensé que la poda del bicho no era tan mala, a fin de cuentas. Pero fue un pensamiento fugaz. En cuanto vi que el bicho había acabado con dos ramas, me salió la furia de siempre. Encontré a un par haciendo cosas en una rama tirada. Para acabarla de amolar, ahora los bichos también podaron una rama del cuajinicuil. Los aniquilé en el acto - o sea, en el mismo instante, no me refiero a lo que estaban haciendo-Con la muerte del par de bichos pensé que se había acabado la pesadilla anual. Pero no. A los pocos días vi otra rama a punto de caer, el responsable comía con tranquilidad las hojas de esa rama. Lo alcancé y lo atrapé. Es de un gris precioso, con unos largos y delgados cuernos, con cuerpo de tubito y alas. Lo condené ipso facto a muerte súbita. Nadie poda sin mi autorización.

La muerte gatuna

Siempre he dicho que los gatos tienen una muerte terrible. Para empezar, no tienen una sola vida, sino siete. Eso es ya demasiado. Pero las siete vidas están relacionadas obviamente con que los gatos sufren de un problema monumental, es decir, no pueden morir con facilidad. Entonces, esa es la razón por la cual tienen muertes terribles. Son cuerudos, pues. ¿Alguien ha visto a un gato muerto? No. ¿A un gato atropellado? No.

Hay que recordar que, por ejemplo, cualquier animal moriría si se cae de un árbol o de una casa de dos pisos. Pero los gatos no. Estos caen, además, de pie.

Recuerdo un gato que se envenenó con la fumigación para el paludismo, en el pueblo. Era un veneno con el olor de las guayabas. Una avioneta roció el pueblo y todos nos escondimos adentro de las casas. Nuestro gato se escapó del chiquihuite en que estaba encerrado. Al día siguiente lo buscamos en el patio. Lo encontramos, se retorcía entre unos chillidos tremendos y espumarajos en el hocico. Eso fue puro teatro porque al rato el minino estaba en sus cinco sentidos, vivo y coleando. En otra ocasión, tuvimos que amarrar a otro gato para que no se envenenara con otra fumigación. Lo amarramos de un ciruelo, al fondo del patio. Nadie se acordó de ir a desatarlo y cuando lo buscamos, días después, entre la baraña, lo encontramos con la cuerda apretada al cuello, porque el gato se había retorcido y casi se asfixia. Pero no. Lo desatamos y al poco rato el gato estaba como si nada. En esa ocasión las abejas de Don Bucho fueron exterminadas por completo y el pueblo se quedó sin miel por un buen tiempo.

De aquí se deduce que la muerte no puede alcanzar a los gatos. Eso es entendible porque en sus ojos profundos pueden verse los mayores misterios y maldades. Los ojos de los gatos son los pozos del infierno.

Entonces, la maldición por ser vehículos del Malo en la tierra, es no poder morirse a gusto, como sí lo hacen los demás en el mundo. Por eso, a mí los gatos me dan mucha lástima. Lloran por las noches, se agarran a arañazos con los rivales en amores, se desbarrancan por los tejados. En fin. Al otro día, los ves caminando serenamente por los patios, durmiendo con plena inocencia en los sillones. Hasta se pueden dar tiempo para mirarte, notar tu presencia, untarse en tus piernas. Inocentes, como cualquier otro animal. Pero no. Los gatos sufren esa terrible enfermedad que es la vida septuplicada y la incapacidad para morir. La fiesta de los muertos debería dedicarse al gato, como ejemplo vivo de lo que nos puede esperar.

Locos

Vi un loquito pidiendo dinero entre los coches parados ante el semáforo. Ya he dicho antes que los locos me llaman la atención por varias razones. La más importante es porque la línea que divide a la locura de la cordura es muy tenue, casi se podría hablar de un gradiente.

A mí también, por ejemplo, me gustaría pedir dinero en la calle, pero para eso tendría que dejar de trabajar, y el trabajo es un verdadero vicio al que soy adicto desde hace décadas. Así que mientras me estuviera preparando para ejercer en el semáforo - ropas sucias y deshilachadas, cabello desordenado, mugre por kilos en el pellejo y por supuesto, barba luenga-, yo estaría pensando en que ya son las nueve, que hay que llegar al trabajo a checar tarjeta, ocuparse de los asuntos graves de la administración, etc.

¿Es eso lo que me separa de los locos? ¿Esa preocupación o esos escrúpulos? Por ejemplo, vi una muchacha de formas tentadoras en la calle. Un loco cualquiera podría haberle hecho señas obscenas, mandarle un piropo acertado o de mal gusto, echarle un chiflido o de plano darle un pellizco. A todo eso están tentados también los cuerdos. Pero los más sobrios se resisten a hacerlo. Dicen las estadísticas que los hombres son más propensos a la locura, será en parte por el bombardeo incansable de la testosterona que a duras penas nos deja pensar en otra cosa. No sé si las mujeres también se sientan a la orilla del abismo, pero conozco casos que sí merecerían atención urgente en el siquiátrico.

Hoy, por coincidencia, es el día de la salud mental, o, mejor dicho, un buen día para acordarse de lo cerca que estamos de la locura.

Paseo vespertino

La otra tarde tuve tiempo para dar una vuelta por el centro de la ciudad. Caminé por Morrow. La tarde se acababa y las calles lucían tétricas y sucias. Entre Aragón y León unas prostitutas tristes, gordas y viejas, platicaban mientras fumaban sentadas. En Matamoros doblé a la izquierda y bajé una cuadra, a No Relección. Esa calle, con el tráfico horroroso de los camiones del transporte colectivo puede ser fácilmente una de las más feas del país entero. Entré a una tienda para ver las camisas y ninguna me convenció. Hace años compraba ropa ahí. El lugar ya mejoró y está arreglado y en orden. Caminé hacia el sur. Pasé a espaldas del Congreso, con un enorme basurero en plena salida de coches. Me encontré a un ex vecino, que es ya todo un señor, con familia, dos hijos, uno de ellos de brazos y que le cuesta mucho dinero mantener, pero ciertamente, no deja la cerveza. Ahí trabaja checando los tiempos de las rutas. De su bolsa cangurera se le cayó una paletita, vi que la tenía llena de ellas, quien sabe para qué. Yo le dije que ya no vivía en la colonia aquella, sino en la ciudad, en la parte norte. Ahí se acabó el tema de conversación y le dije adiós. Él es sordomudo y lo conozco desde que nació.

Caminé una calle más para llegar al quiosco. Estaban los puestitos de siempre, el de los periódicos y revistas, el de las bromas con sus mierdas de perro plásticas, el de los jugos de frutas con su penetrante olor a naranjas y guayabas, el de los elotes, los churros, los globos. En fin, el caos.

Me sorprendió la plaza de Armas, sucia y a obscuras por completo, como boca de lobo. El nuevo gobierno ya tiene su tiempo, pero nada ha cambiado. ¿Es esa la imagen que se quiere dar a los turistas que vienen, por error, a pasear a la antigua ciudad de la eterna primavera? En eso recordé la ciudad de Juliaca, en Perú, con mucho la ciudad más horrible del hemisferio occidental. Pensé que cualquier ciudad, al sur del río Bravo, se parece mucho, son caóticas. Pero por el lado positivo, son humanas. La gente se saluda, se reconoce, te habla y te contesta. Vive la ciudad. Por ellos, es imperioso mejorar este espacio donde se vende, se compra, se pasa en el transporte o en el coche.

Los niños juegan cerca del puesto de sus padres, una niña hace flexiones en una puerta y otro par juega a las palmadas. En un rincón, dos novios se entrelazan en un abrazo interminable. Cuatro familiares discuten: «Cuatro por seis cincuenta, ¿cuánto es?, hacen las multiplicaciones y dicen 26, si el taxi cuesta 25 o 30, entonces conviene más el taxi que el transporte colectivo».

La entrada del Palacio de gobierno está tapizada de una ofrenda a los muertos del narco, cruces, poemas, fotos. Un rosario de penas: Fulano de Tal no debió morir; Perengano estás en nuestros corazones; Exigimos justicia para Zutano; Mengano fue asesinado por policías de Jiutepec. La imagen deprimente de la plaza de Armas combina a la perfección con el altar de muerte. Agobiado, llegué a la acera del Palacio de Cortés. Algunos puestos ya se estaban levantando, solo quedaban unos locos, queriendo demostrar no sé qué, jugaban ajedrez.

Llegué a Galeana y subí por Rayón. Esa calle la conozco desde niño. Ahí nos sentábamos mi hermano y yo a contar coches en las tardes de nuestras vacaciones veraniegas. Ahora, mil años después, mis hijos hacen lo mismo para entretenerse cuando vamos en el coche: yo cuento rojos y tú azules. El local que mis hermanas convirtieron en restaurant y boutique ahora es una óptica. Cosas de las transformaciones. Ahí recordé el queso fundido con chorizo y el olor de las tortillas de trigo. También, en otra época, el probador de damas, porque nuestro cuarto colindaba con él y tenía unas rendijas precisas por las que podía verse a las clientas cuando se cambiaban la ropa. A lado del local, había una reja negra calada que daba a un patio largo por el que entrábamos cuando estaba funcionando el negocio. Ahí sigue la casona, impasible ante el tiempo y la gente.

La avenida Morelos permanecía estática, los cientos de coches, taxis y colectivos completamente detenidos, con los motores pujando dificultosamente, exhalando sus gases pestilentes y venenosos, rugiendo, bufando, los cláxones hacían vibrar la panza, el ruido, la gente apresurada, el aire que enfriaba.

El cine Morelos, antes tan solicitado y con movimiento lucía a obscuras y cerrado. ¿Será porque es lunes? ¿O es así todos los días? No lo sé. Caminé a la librería, pero sus libros tan asépticos me dieron flojera, nada interesante, algunos libros clásicos muy vistos, otros para niños que ya tenemos.

Nada. Después de dar la vuelta por esas calles grotescas, feas y sucias, regresé a donde estaba mi coche y me prometí no hacer este tipo de tour de fuerza, tratando de buscar no sé qué, posiblemente algo que anime el espíritu. Sólo encuentra uno razones suficientes para despreciar la conglomeración, el desorden y la mugre, que esas sí parecen eternas y que empañan los recuerdos vivos de los tiempos pasados.

Doña F.

Me avisaron el domingo en la mañana que se había muerto la mamá de mi cuñado J. Tenía muchos años que no había visto a la señora F. Pero mi regla es asistir a todos los funerales a los que me inviten -incluido por supuesto el mío-. Así que dejé los planes de descanso de ese día y me preparé para ir a la funeraria.

Mediodía. La ciudad estaba aletargada. Parece que nada interesante pasaba en ese día de guardar. En el camino pensé que iba a encontrarme con Ángeles, la hija de la señora F. Ella era una niña un poco más chica que yo y la conocí hace muchos años. Alguna vez nos visitó en el pueblo. Ángeles era muy traviesa, casi irrespetuosa, de carita redonda y risueña, cabello lacio y largo. Trigueña. Jugábamos juntos.

Llegué, di las condolencias, la foto de doña F. estaba sobre el ataúd. Mi sobrino me llevó con sus tíos y tías, que yo también conocía. Mi sobrino dijo "ella es mi tía Ángeles", saludé en automático a la susodicha, pero no reaccioné, ni la relacioné con la niña trigueña con la que jugaba. Esta Ángeles era una mujer cercana a los 40, morena, de rasgos endurecidos, de cabello negro, cuerpo atlético, sin rastros de grasa, desconocida. Me quedé estupefacto, sin reconocerla.

Llegó la hora de acompañar el cortejo y nos fuimos al cementerio. Las tres de la tarde. Aun cuando era invierno, el sol pegaba sin piedad. Alrededor de la tumba se formaron tres círculos concéntricos. En el primero estaban los sepultureros, tres *maistros* de media cuchara que estuvieron apalabrando algo, como midiendo las dimensiones de la excavación a ojo y se decidieron a robarse unas placas de cemento de por ahí, las que rodaron penosamente entre las tumbas hasta llegar a la más reciente. En el segundo círculo, a pleno sol, estaban los parientes cercanos de doña F., hijos, hijas, nietos, parientes de sangre. En el tercer círculo, bajo la sombra de un Ficus hermoso, estábamos los otros invitados, parientes políticos, amigos, conocidos. El panteón era muy feo, desorganizado y sucio, como todos los panteones de México. Una pesadilla.

Ya dije que yo no quiero que me entierren acostado sino de pie, porque la gente no respeta y pasa donde sea, sin fijarse qué pisa. Si además se agrega que los camposantos son totalmente anárquicos, qué más se puede esperar. En fin. Eso prosiguió. Un alma piadosa, que no leía muy bien, nos puso a rezar el rosario y nos echamos los cinco misterios. Intercalados en los misterios, un dúo entonó canciones cristianas de despedida con guitarra. Cuando quedó la tumba lista, se bajó el ataúd y colocamos las flores.

Me alejé de los círculos concéntricos, regresé al sol ardiente, tratando de buscar en el recuerdo una sonrisa traviesa, unos ojos pizpiretos y el cúmulo de tiempos perdidos.

Juan José

La última vez, Juan José me lastimó y me sacó sangre. No se piense mal, es mi dentista. Lo conocí hace dos años y siento que cada vez nos entendemos mejor. Juan José es un hombre esbelto, joven, de piel blanca, ojos verdes y barba de candado. A veces risueño y de manos muy suaves. Su consultorio es un enigma. Situado en una esquinita de la transitada calzada, es un pequeño cuadrado dividido en triángulos. La otra vez tenía una recepcionista embarazada, que también fungía de enfermera. Ahora es una prieta robusta, con pinta de carcelera.

La salita de espera es mínima, el cajón de las revistas, nunca he tenido tiempo de leer, está sobre una de las sillas. A la derecha está su mini consultorio y la silla reclinable, las máquinas del dolor, fresas, taladros y los menjurjes debidos. Las paredes muestran sus calificaciones, diplomas, cursos y títulos. Ayer pasé al mini consultorio de la izquierda, que ocupa supongo su pareja, porque los diplomas, cursos y títulos son los mismos que los de él, pero a nombre de ella. El apellido de él es Arangoiz, peninsular de raigambre, quizás de Euzkadi; el de ella es López, netamente mexica. En fin.

Juan José me recibe siempre con una sonrisa a pesar del estado de mi dentadura, la cual, con los años, ha caído en un proceso terrible de descomposición. Por fortuna todavía puedo malcomer y sonreír. El delicado Juan José se disfraza, se pone guantes, cubrebocas y pregunta si molesta al taladrar, limpiar, meter martillo y barretas. ¡Mjjjj! Digo yo, queriendo decir: "¡Sí cabrón, claro que sí me molesta!" Al terminar, Juan José me extiende una sonrisa con sus ojos verdes como diciendo "Chillón, ni fue la gran cosa y mire como quedó, todo sudado y tembloroso". Yo le devuelvo la sonrisa, con la boca madreada, las encías sangrantes y adoloridas, como queriendo decirle "Hijo de la fregada, ¡mira lo que me hiciste y todavía te voy a pagar!". Así se desarrolla la historia de amor-odio con Juan José, quien siempre me recibe afectuoso en su consultorio a cambio de miles de pesos y una enorme cantidad de dolor.

Retazos

Alquimia

¿Por qué tendría que asustarme el tiempo? Es un artificio del hombre. Y los cambios que sobrevienen con él pueden explicarse fácilmente:

el cabello pierde

melanina

la piel pierde

agua

los huesos pierden

calcio

las neuronas pierden

glutámico

El tiempo para mí significa, únicamente, otra

química

Laboratorista

Almacenamos en la vida montones de
frascos

papeles

materiales

polvo

Ese cúmulo de

apuntes

soluciones

hojas de registro

saturaron mi estrecho espacio vital

Encontré entre tus hojas el registro del día en que llegué hace
¿mil años?

Lo tomé porque era mío y

ahí estaba yo hace 10 años en que era otro

era diferente

pero hoy sigo siendo el mismo aprendiz

A eso de las 10 de la mañana una hora infrecuente me di
cuenta de que había algo orgánico en mi estómago que te recordaba

un hueco

que se contrapone a lo que dejaste

un enorme atasco de

botellas

líquidos

plásticos

tiempo y

soledad

Sobre el matrimonio I

Casarse es tan malo, que, si una señora preguntara a su esposo, después de veinticinco años de matrimonio si volvería a casarse con ella, él, sólo por miedo, hasta podría decir que sí.

Sobre el matrimonio II

Créanme si les digo que los peores aspectos del matrimonio normalmente no llegan a la opinión pública.

Aforismo

Hay personas que se han perdido completamente el respeto: son capaces de decirse cualquier verdad.

La química del amor dura dos años I

¡Qué alivio! Y yo que pensaba que eran minutos.

La química del amor dura dos años II

Entonces ella dijo: ¿Es que ya no me quieres? Yo pensaba contestarle que la culpa era de la neurotrofina, el neurotransmisor, pero también pensé que era por los pleitos, los rencores anidados en las esquinas de la casa, las desesperanzas, los deseos no cumplidos, o toda esa mierda junta.

Amor I

En cuanto al amor hay algo que todavía no logro entender. ¿Quién pierde a quién?

Amor II

En el amor, o se es yunque o se es martillo.

Infortunio

El mundo gira con todas las tristezas encima. El hombre nace, crece, se reproduce y muere; se olvida. Así como hay muchas hazañas que nunca se revelan, las pequeñas tragedias diarias ocupan nuestro menester. Los amantes se reúnen y se separan, los astros giran y siguen rutas invisibles y Dios bosteza al ver estas criaturas ingratas.

Las leyes fundamentales del Universo

Una. La vida es un accidente cósmico de la materia.

Dos. La obsesión de los organismos es la reproducción y por ende, el sexo.

Tres. Al hombre, además, lo dirigen el vicio, la ignorancia y la violencia.

Cuatro. Las únicas aportaciones valiosas del hombre son la ciencia, la religión, el arte y el amor -en orden creciente-.

Paráfrasis

Parafraseando a Huerta:

Martes, miércoles, jueves y viernes como sobras

Sábados y domingos, de premio, llevo a mi esposa a comer fuera

Workoholic

Pasé, desafortunadamente, de *workoholic* a *alcoholic* a secas.

—¿Cómo me ves?

Tendría que haberle dicho la verdad, que su nueva vida de casada y su hijo se lo habían llevado todo, que su piel se había deshidratado, que había perdido colágeno, juventud, aroma, en fin: carnes. Pero no. Lo que le dije fue «te ves muy bien, te ha sentado bien el matrimonio y la maternidad, ¿para cuándo te animas con el segundo?»

No te acuerdas de mí, ¿verdad?

Cuando ella me preguntó eso, sentí como si me hubiera convertido en un desconocido. ¡Claro que la recordaba! De cuerpo macizo y abundante, joven, risueña y soltera. Le gustaban las bromas, comer tortas en la avenida y la música guapachosa. Ahora, con docenas de libras de más, ojos hundidos y arrugas por todos lados, se animó a preguntar si ya no la recordaba, esperaba a lo mejor que yo dijera que no. Entonces le dijo a su niña, ¡mira, él es un amigo! Viejo amigo, olvidado. En realidad sí la desconocí, no era la misma. Como yo tampoco.

La vida

He pensado en abrir un blog, en hacer novelas, en ser líder antiglobalización, en predicar la Palabra en las sabanas del Congo, pero por ahora sólo me conformo con trabajar y sobrevivir.

Bukowskiana

Como dijo el poeta, a veces la vida se nos pasa sin que apenas nos demos cuenta.